SOLOMON KANE

━━✠━━

SCHLOSS DES TEUFELS

SCOTT ALLIE
Autor

MARIO GUEVARA
Zeichner

DAVE STEWART
Farben

LUCIA TRUCCONE
Lettering

GERLINDE ALTHOFF
Übersetzung

JOHN CASSADAY
Original-Cover

SOLOMON KANE: SCHLOSS DES TEUFELS erscheint bei **PANINI COMICS**, Ravensstraße 48, D-41334 Nettetal-Kaldenkirchen. Solomon Kane wird unter Lizenz in Deutschland von PANINI Verlags-GmbH veröffentlicht. Druck: Arti Grafiche U. Soncini. Pressevertrieb: Stella Distribution GmbH, D-20097 Hamburg. Direkt-Abos auf **www.paninicomics.de** Anzeigenverkauf: Life! Mediahouse GmbH, Telefon: 040/389 040-0, E-Mail: info@lifemediahouse.de. Es gilt die Anzeigenpreisliste Nr. 5 vom 01.01.2009. PR/Presse **Steffen Volkmer**. Geschäftsführer **Frank Zomerdijk**, Publishing Director Europe **Marco M. Lupoi**, Editor-in-Chief **Lisa Pancaldi**, Redaktion **Carlo Del Grande**, **Pia Oddo**, **Leonardo Raveggi**, **Marco Ricompensa**, Finanzen & Beratung **Axel Drews**, Marketing Director **Max Müller**, Marketing **Holger Wiest**, Vertrieb **Alexander Bubenheimer**, Logistik **Ronald Schäffer**, Übersetzerin **Gerlinde Althoff**, Lektorin **ENZA**, Lettering **Lucia Truccone**, grafische Gestaltung **Marco Paroli**, Art Director **Mario Corticelli**, Redaktion Panini Comics **Annalisa Califano**, **Beatrice Doti**, **Nicoletta Preziosi**, Produktion Panini Comics **Francesca Aiello**, **Andrea Bisi**, **Alessandra Gozzi**, **Lorenzo Raggioli**. Solomon Kane © 2008, 2009 Solomon Kane Inc. ("SKI"). SOLOMON KANE, all related logos, characters, names and all distinctive likenesses thereof are trademarks or registered trademarks of SKI. All rights reserved. Dark Horse Comics® and the Dark Horse Comics Logo are trademarks of Dark Horse, Inc., registered in various categories and countries. All rights reserved. Zur deutschen Ausgabe: © 2009 PANINI Verlags-GmbH.

Bibliografische Information der Deutschen Nationalbibliothek
Die Deutsche Nationalbibliothek verzeichnet diese Publikation in der Deutschen Nationalbibliografie; detaillierte bibliografische Daten sind im Internet über http://dnb.d-nb.de abrufbar.

EINLEITUNG

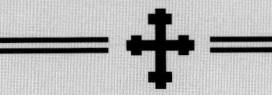

Robert E. Howard (1906-1936) wurde vor allem durch *Conan*, *Kull* und *Red Sonja* bekannt. Dennoch sind sich viele Kritiker einig, dass sein interessantester Held wohl der mürrische Abenteurer und Puritaner Solomon Kane ist. Kane war einer der ersten Serienhelden, die der produktive Pulp-Autor erfand, und ganz nebenbei begründete er damit quasi die heroische Fantasy. Die Geschichten um Solomon Kane, angesiedelt im 16. Jahrhundert, sind eine faszinierende Mischung aus Horror und Fantasty und gehören zum Besten, was Howard veröffentlichte: Ein einsamer Kämpfer will die Welt vom Bösen befreien, bereist dabei Europa und Afrika und kämpft unterwegs nicht nur gegen Korsaren, Kannibalen und Sklavenhändler, sondern auch gegen Vampire, Werwölfe und schwarze Magie. Anfangs erschienen die Geschichten im legendären Pulp-Magazin *Weird Tales*, später wurden in Howards Nachlass entdeckte Fragmente von dem jungen Schriftsteller Ramsey Campbell ergänzt. Erst neuere Ausgaben zeigen Solomon Kane so, wie Howard ihn angelegt hatte – erbarmungslos bis zum Äußersten und ohne jeden Lichtblick in einzigartigen Visionen der Finsternis.

COVER VON JOE KUBERT

EIN ANDERES GESCHÖPF REGTE SICH ... DÜSTEREN SCHWARZWALD, IN DER ... FT LAGEN NUR SCHWACHE DÜFTE.

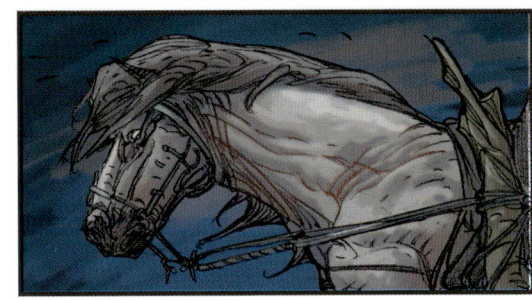

DAS UNTIER BEWEGTE SICH SORGLOS. KEIN MENSCH LEBTE IN DIESEM TEIL DES WALDES, MEILENWEIT ENTFERNT VOM NÄCHSTEN DORF UND DER BURG.

ALLERDINGS GAB ES REISENDE.

WANDERER...

... UND SOLCHE, DIE WEDER DER NATUR NOCH DER NACHT ANGEHÖRTEN.

<NA SCHÖN, FREMDER, DAS PFERD UND EINIGE MÜNZEN SICHERN DIR FREIES GELEIT DURCH-->

?

<WAS--?>

<IM ORIGINAL AUF DEUTSCH

AAH!

NEEIGHH

CLOP CLOP CLOP

BOOM

AHHH!

BOOM

HO!

K-CHACK

RAAOOOHH!

WHHUU--NEIGH!

CHANK

<HURENSOHN!>

GUHH!?

RIIIP

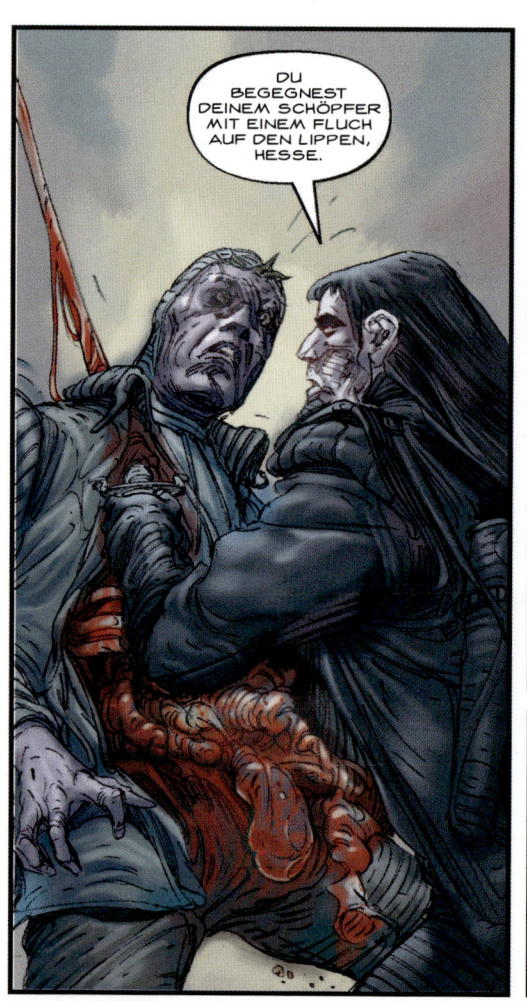

"DU BEGEGNEST DEINEM SCHÖPFER MIT EINEM FLUCH AUF DEN LIPPEN, HESSE."

"EIN WÜRDIGES SCHLUSSWORT FÜR EINEN RÄUBER UND STRAUCHDIEB..."

ER KONNTE SEINE FEINDE NICHT SO TIEF BEGRABEN, DASS DIE BESTIE SIE NICHT FINDEN WÜRDE.

DAS LAGER WAR VERWÜSTET, DOCH DER MORGEN GRAUTE SCHON.

| NACHDEM ER SEIN ERSTES FRANZÖSISCHES PFERD IN EINEM VERFLUCHTEN FISCHERDORF VERLOREN HATTE, WAR ER AUF DIESEM DIE GESAMTE KÜSTE FRANKREICHS ENTLANG GERITTEN, IM SOMMER HATTE ER MEHR ALS 200 MEILEN AN VERSCHLUNGENEN FLUSSLÄUFEN IN SÜDLICHER RICHTUNG ZURÜCKGELEGT. |

| BEI STRASSBURG WAR ER IN DEN SCHWARZWALD GEKOMMEN, NUR UM HIER SEIN PFERD ZU VERLIEREN, DIE KEHLE BIS ZUM KNOCHEN ZERRISSEN. |

| NUR WENIG WAR GEFRESSEN WORDEN, UND DOCH HATTE DAS RAUBTIER DIE BEUTE VERLASSEN... |

| DAS GEFÜHL, DAS DEN PURITANER IN DIESE GESETZLOSEN WÄLDER GELOCKT HATTE, VERSTÄRKTE SICH AN DIESEM MORGEN. |

| IN DER STILLE PULSIERTEN DIE KRUMMEN BÄUME GEHEIMNISVOLL, LIESSEN DUNKLE ERINNERUNGEN AUFSCHEINEN, ALS WÜRDE ER IN EINER GOTTLOSEN, VERGANGENEN WELT DURCH TRÄUME WANDERN. |

| UND ER ZOG WEITER, WÄHREND DIE SONNE AM HIMMEL AUFSTIEG, UND VERSCHEUCHTE DIE UNDEUTLICHEN, ERNSTEN GEDANKEN, BIS SEIN SINN GERADEZU LEICHT GEWORDEN WAR. |

| OBWOHL ES FÜR IHN IN GOTTES WELT KEINEN PLATZ FÜR LEICHTIGKEIT GAB. |

-HK-
-HHHH-

♪ WHILST I FOR THIS AND FOR FOOD AM FLOWEN HENCE AWAY-- ♪

♪ WITH HEEDFUL EARS ATTENTIVE BE WHAT COMERS BY DO SAY! ♪

HALLO!

AH-- ICH BIN FROH, EINEN ENGLÄNDER ZU TREFFEN, AUCH WENN ER SO MELANCHOLISCH DREINSCHAUT WIE *IHR*.

ICH BIN *JOHN SILENT*, UNTERWEGS NACH GENUA.

ICH HEISSE SOLOMON KANE, BIN EIN WANDERER IM ANGESICHT DER ERDE UND HABE KEIN ZIEL.

IN DES TEUFELS NAMEN, MANN, WISST IHR NICHT, WO IHR HINSOLLT?

WAS TUT'S, *WO* EIN MANN IST, WENN ER NUR GOTTES WILLEN TUT?

SITZT AUF-- WIR SUCHEN EINE TAVERNE--

ÜBERSCHÄTZT EUER REITTIER NICHT, ABER GESTATTET MIR, NEBENHER ZU GEHEN. ES IST MEHR ALS VIER WOCHEN HER, DASS ICH GUTES ENGLISCH VERNAHM.

ICH WERDE GEGEN DIE TÜRKISCHEN KORSAREN SEGELN. KOMMT MIT, FREUND, SETZT SEGEL--

ICH HATTE SCHON DAS VERGNÜGEN-- UND FAND ES WENIG UNTERHALTSAM. VIELE, DIE SICH EHRLICHE HÄNDLER NENNEN, SIND NICHTS ALS BLUTIGE PIRATEN.

UND WAS HABT IHR BEI DER REISE DURCH *DIESE* LANDE ENTDECKT?

"NICHT VIEL. HUNGERNDE BAUERN, GRAUSAME HERREN UND GESETZLOSE MÄNNER. DOCH ICH HABE GUTES GETAN... VOR EINER WEILE FAND ICH AM GALGEN EINEN ARMEN TEUFEL UND SCHNITT IHN LOS, BEVOR ER DEN LETZTEN SCHNAUFER TAT."

IHR HABT EINEN MANN VON BARON VON STALERS GALGEN GESCHNITTEN? IN DES TEUFELS NAMEN, ES WIRD UNS *BEIDE* DEN HALS KOSTEN!

FLUCHT NICHT SO UNBEDACHT.

"MIR SCHEINT, DIESER BARON IST EIN UNGERECHTER MANN. DAS OPFER WAR EIN KIND MIT EINEM EHRLICHEN GESICHT."

VERFLUCHT! DADURCH STEHT *UNSER* LEBEN AUF DEM SPIEL!

GEBT JETZT ENDLICH RUHE!

UND SAGT MIR, WESSEN SCHLOSS DAS IST.

DAS IST DIE BURG VON BARON STALER-- DEM MÄCHTIGSTEN MANN IM SCHWARZWALD.

ICH DENKE, ES IST DAS SCHLOSS, VON DEM DER BAUER SPRACH. ES TRÄGT EINEN UNHEILIGEN NAMEN...

DAS SCHLOSS DES TEUFELS
ERSTES KAPITEL

HIER GEHT EIN WEG ZUM TOR. UND DIESE STRASSE FÜHRT FORT VOM HAUS DES BARONS.

KOMMT... DER BARON WIRD ZWEI REISENDEN KAUM DAS NACHTLAGER VERWEIGERN.

HEISST DAS, IHR **WOLLT** ZUM SCHLOSS?

ICH MÖCHTE DEN KENNENLERNEN, DER **KINDER** HÄNGT.

HIER UND DORT AUF MEINEN REISEN FIEL MIR DIE AUFGABE ZU, SCHLECHTE MENSCHEN UM IHR LEBEN ZU BRINGEN.

ICH HABE DAS GEFÜHL, SO VERHÄLT ES SICH MIT DEM BARON.

IN **ZWEI** TEUFELS NAMEN! IHR SPRECHT, ALS WÄRT IHR EIN RICHTER UND BARON VON STALER EIN HILFLOSER SÜNDER...

DOCH IHR HABT NUR **EINEN** DOLCH, UND DER BARON VIELE BEWAFFNETE LEUTE.

DAS RECHT IST AUF MEINER SEITE UND ES IST MÄCHTIGER ALS **TAUSENDE** VON MÄNNERN.

DOCH ICH **KENNE** DEN BARON NICHT. WIE KÖNNTE ICH MIR EIN URTEIL ÜBER UNBEKANNTE ERLAUBEN? VIELLEICHT IST ER EIN BRAVER MANN.

ENTWEDER IHR SEID EIN HEILIGER NARR, ODER DER UNVERSCHÄMTESTE MENSCH DER WELT! **GEHT VORAN!**

DIES ABENTEUER WIRD UNS WOHL IN DEN TOD FÜHREN, DOCH NARRHEIT HAT IHREN REIZ!

EURE REDE IST WILD UND GOTTLOS...

... DOCH IHR FANGT AN, MIR ZU GEFALLEN.

‹ICH SEHE SIE NICHT.›

‹DAS *KÖNNT* IHR NICHT...›

‹... ANDREAS ENTDECKTE SIE VOM TURM AUS.›

‹ZWEI MÄNNER, HERR-- EINER ZU PFERDE, DER ANDERE WIE EIN SCHATTEN ZU FUSS AN SEINER SEITE.›

‹HALTET DEN SCHATTEN NICHT IRRTÜMLICH FÜR UNTERGEORDNET, NUR WEIL ER AUF DEM BODEN BLEIBT.›

‹GEWISS NICHT, ABER SEINE FÜSSE SIND DRECKIGER.›

‹NIMM VIER LEUTE UND KÜMMERE DICH DARUM.›

‹BARON VON STALER! EURE CHRISTLICHE NÄCHSTENLIEBE GESTATTET DOCH WOHL EINE FREUNDLICHE BEGRÜSSUNG?›

<ES IST UNGEWÖHNLICH, DASS REISENDE ZUM SCHLOSS KOMMEN, HERR. MEIST-->

<MEIST SCHRECKEN DIE BAUERN SIE MIT IHREN GESCHICHTEN AB. GEH UND BEGRÜSSE DIE BEIDEN.>

<KÜMMERE DICH UM IHR GEPÄCK UND LADE SIE ZUM ESSEN EIN-- IM KLEINEN SAAL, WENN ES MEINEM MANNE RECHT IST.>

<SEHR WOHL.>

<ES ZIEMT SICH NICHT, ANGST SO OFFEN VOR DER GEMAHLIN ZU BEKUNDEN-- NOCH WENIGER VOR DIENERN.>

<ICH FÜRCHTE DIESE MÄNNER NICHT, MAHASTI.>

<DOCH WAS SOLL IHR BESUCH AN GUTEM BRINGEN? HAT DER HERR MICH NICHT GENUG GEPRÜFT, SODASS ICH *ÜBERRASCHUNGEN*, DIE MIT FREMDEN KOMMEN, LIEBER MEIDE?>

<ANDREAS MEINTE, SIE SEHEN AUS WIE SOLDATEN.>

<ZIEMT ES SICH IN *PERSIEN*, DASS DIE HAUSHERRIN SO INNIG MIT DEN WACHEN UMGEHT...?>

<"... ODER IST DAS DIE NÄCHSTENLIEBE DER *MUSLIME*?">

<GUTEN TAG! WAS FÜHRT EUCH HIERHER?>

<BITTE, SPRECHT IHR *ENGLISCH*?>

JA.

<VIELEN DANK.> MEIN FREUND SPRICHT EURE SPRACHE, ICH JEDOCH NICHT, UND ICH WOLLTE NACH EINEM NACHTLAGER FRAGEN, WENN EUER HERR--

DANN *KOMMT*.

DER BARON HEISST EUCH WILLKOMMEN.

DÜRFEN WIR UNS BEI IHM BEDANKEN--?

EURE KLEIDER WERDEN GEWASCHEN, IHR ERHALTET EIN GÄSTEZIMMER...

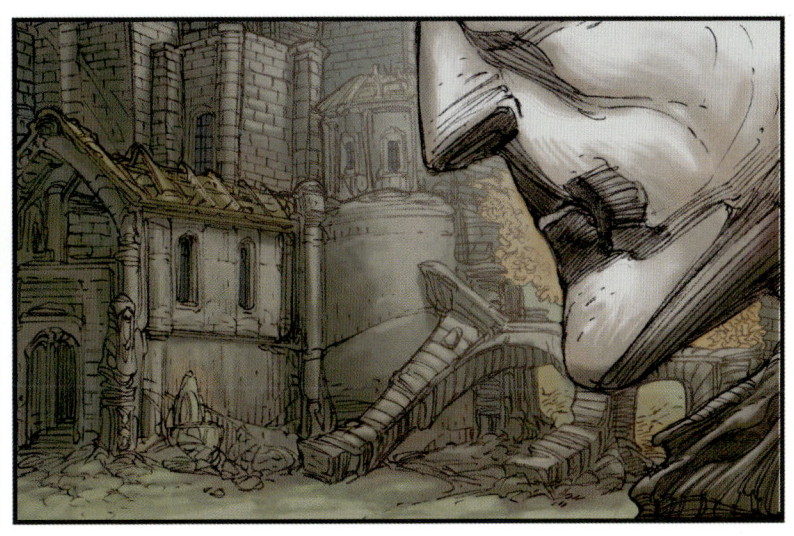

... DEN BARON SEHT IHR BEIM ESSEN.

KANE-- DAS IST WOHL EINE EINLADUNG...

KANE?

IN DES TEUFELS NAMEN!

HÜTET EURE ZUNGE, SILENT.

OH, VERZEIHUNG, HERR MISSIONAR. VORWÄRTS!

ES WIRD KÜHL.

DARF ICH VORSTELLEN... DER HAUSHERR UND SEINE GATTIN-- BARON UND BARONIN VON STALER.

HERR BARON, DIES SIND **SOLOMON KANE** UND **JOHN SILENT** AUS ENGLAND.

DANKE, HERR.

SEHR GROSSZÜGIG VON EUCH. ES IST VIELE NÄCHTE HER, DASS ICH IN EINEM **FEDERBETT** SCHLAFEN KONNTE.

WILLKOMMEN IN MEINEM HAUSE SAGT, KOMMT IHR AUS LONDON?

NEIN, ICH STAMME AUS **COLCHESTER** IN ESSEX, DOCH ICH ERINNERE MICH KAUM DARAN, DENN DAS IST LANGE HER.

KANE KOMMT AUS DEVONSHIRE.

AH-- VON DER FERNEN KÜSTE. DANN--

MEINE FAMILIE LEBT DORT, HERR VON STALER. ICH DAGEGEN BIN EIN LANDLOSER WANDERER.

NUN... WIE KOMMT ES, DASS IHR ZUSAMMEN REIST?

SICHER IM AUFTRAG DER KÖNIGIN...?

NEIN, HERR. ICH SUCHE BESCHÄFTIGUNG IN ITALIEN. DIESEN GUTEN MANN TRAF ICH ERST HEUTE MORGEN AUF DEM WEGE.

NACH EINEM HÖCHST UNSELIGEN EREIGNIS BEI TAGESANBRUCH, DURCH DAS--

SEHT, DAS ESSEN IST BEREIT!

I-IHR KAMT VON STRASSBURG HERÜBER?

GANZ RECHT, BARON...

... UND ICH MÖCHTE EUCH NACH ETWAS FRAGEN, DAS ICH UNTERWEGS SAH.

"ICH ENTDECKTE DA EINEN JUNGEN, AM HALSE AUFGEHÄNGT AN EINEM MORSCHEN GALGEN AM WEGESRAND.

"ICH SCHNITT IHN AB UND WUNDERTE MICH ÜBER SEIN SANFTES GESICHT--"

‹WAS?!›

‹NEIN... WIE ENTSETZLICH!›

‹BLEIBT RUHIG, MEIN GEMAHL.›

SAGTE DER JUNGE, WER DAS WAR?

Panel 1:
- ER SAGTE, ER SEI HINTERRÜCKS NIEDERGESCHLAGEN WORDEN, IN JENEM DORF, DAS ICH PASSIERT HATTE-- UND ER KAM ERST WIEDER ZU SICH, ALS ICH IHN ANSPRACH.
- <ABER IHR--> HABT DEN JUNGEN *BEFREIT*--? HEUTE MORGEN--?
- *RUHIG*, MEIN GEMAHL-- WIR FINDEN HERAUS, WER DAS WAR.
- AH! DANN WAR ES *NICHT*--

Panel 2:
- *WER* DENN, HERR SILENT? *MEIN GEMAHL?*
- ICH VERMUTE, DIE BAUERN HABEN EUCH VORM SCHLOSS DES TEUFELS *GEWARNT?*
- <WAS FÜR EINE SCHRECKLICHE BEZEICHNUNG.>

Panel 3:
- WENN IHR TAPFER GENUG WART HERZUKOMMEN, DANN WART IHR DOCH AUCH KLUG GENUG, SOLCHES GEREDE ZU *IGNORIEREN*. DIE BAUERN HASSEN MEINEN MANN, WEIL ER SIE NICHT VOR DEN RÄUBERN SCHÜTZEN KANN-- UND SIE ERZÄHLEN MÄRCHEN, UM IHN ZU BESCHÄMEN.

Panel 4:
- ZWEIFELLOS WAREN ES DIESE *RÄUBER*, DIE DEN JUNGEN TÖTEN WOLLTEN-- UND ES GESCHAFFT HÄTTEN, WÄRE NICHT HERR KANE GEKOMMEN.

Panel 5:
- IHR WURDET DOCH *SELBST* LETZTE NACHT VON RÄUBERN ÜBERFALLEN, KANE, GAR NICHT WEIT VOM GALGEN ENTFERNT.
- DIESE WÄLDER SIND *GEFÄHRLICH*. IHR HABT GLÜCK, DASS IHR NOCH LEBT!
- OH, ICH SORGTE DAFÜR, DASS DIE MÄNNER IHREN GERECHTEN LOHN ERHIELTEN. ABER WARUM SOLLTEN DIEBE--

"SICHERLICH HABT IHR DEN JUNGEN GERÄCHT, BEVOR IHR IHN GERETTET HABT--"

"HERR KANE IST EIN HELD!"

"GENUG VOM TOD GEREDET! AUF EURE GESUNDHEIT, SOLOMON KANE!"

"AUF DIE DES JUNGEN-- RETTUNG SOLL MAN NICHT LEICHT NEHMEN, AUCH RACHE NICHT. BEIDES KOMMT NICHT MIT EINEM SCHLUCK WEIN."

"HERR BARON. STEHT EURE BURG AUF LAND, DAS EINMAL ZU EINER KIRCHE GEHÖRTE?"

"IN GEWISSER WEISE, HERR KANE-- DAHER KOMMT DER ÜBLE NAME, DEN DIE BAUERN MEINEM HAUSE GABEN."

"DIE ZERFALLENEN MAUERN, DIE IHR BEI EURER ANKUNFT SAHT, GEHÖRTEN ZU EINEM KLOSTER."

"VOR 200 JAHREN ENTDECKTEN DIE MÖNCHE IN IHREN REIHEN EINEN TEUFELSANBETER-- UND ES WAR AUSGERECHNET IHR VORSTEHER! PATER STUTTMANN-- EIN GOTTESLÄSTERER, DER DEN ALTAR ENTWEIHT UND SEIN HERZ DEM SATAN VERSCHRIEBEN HATTE, VERLEUGNETE GOTTES ENGEL UND SEINEN SOHN."

"DIE MÖNCHE SPERRTEN IHN IN SEINE ZELLE, VERRIEGELTEN DIE TÜR UND BETETEN TÄGLICH FÜR SEINE BEKEHRUNG-- DOCH ER BEREUTE NICHT."

TUNK TUNK TUNK TUNK

VOR MEINER FRAU WILL ICH NICHT SAGEN, WIE STUTTMANNS LEIDEN ENDETE, DOCH ES DAUERTE MEHR ALS EIN JAHR, BIS ALLES VORÜBER WAR. BRUDER ALBRECHT, DER STUTTMANNS VERRAT *ENTDECKT* HATTE, BERICHTETE DEM BISCHOF IN STRASSBURG.

"ALBRECHT WURDE ZURÜCKGESCHICKT UND SOLLTE DAS KLOSTER ÜBERNEHMEN, DOCH BEI DEN DÖRFLERN MACHTE BALD DAS GERÜCHT VON DER KIRCHE DES TEUFELS DIE RUNDE. STRASSBURG WOLLTE DAS KLOSTER VERGESSEN, UND SO VEGETIERTEN ALBRECHT UND DIE BRÜDER DAHIN, BIS DAS KLOSTER VERKAUFT WURDE..."

... AN MEINEN VORFAHREN, DER AUF DEM LAND DIE BURG ERRICHTETE-- NEIN, AUF DEM KLOSTER *SELBST!*

WESHALB DER GUTE BARON NUN DAS SCHLOSS DES TEUFELS BEWOHNT UND SEINE BRAUT AUS *PERSIEN* KOMMEN LASSEN MUSSTE, WEIL DIE HIESIGEN MÄDCHEN SEIN HAUS SO SEHR FÜRCHTEN.

DIE SCHÖNE MAHASTI. MEINE LANDSLEUTE MÜSSEN VERZEIHEN, WENN ICH SAGE, DASS KEINE DEUTSCHE FRAU SO VIEL ANMUT BESITZT.

CHEERS!

UND IHR *ENGLÄNDER* MÜSST VERZEIHEN, DASS ICH KEINEN APPETIT HABE.

ICH MUSS AN DEN *JUNGEN* DENKEN-- DER GEDANKE, DASS VERBRECHER MEIN LAND UND MEINE LEUTE PLÜNDERN, LÄSST MEINE GEDÄRME REBELLIEREN.

BITTE, GENIESST DIE NACHSPEISE-- ES GIBT PUDDING IN WEINSAUCE -- DOCH ENTSCHULDIGT MICH UND MEINE FRAU.

NUR *EINS* NOCH, BARON, WENN IHR GESTATTET.

ICH SEHE, IHR SEID EIN *FROMMER* MANN...

... GIBT ES HIER OBEN EINE KAPELLE? ODER WEITER UNTEN...?

IHR SEID DOCH PURITANER, MR. KANE?

DER PROTESTANTISCHE GLAUBE HAT SEINE WURZELN IN DIESEM LAND.

"DOCH ICH GEHÖRE DEM *ALTEN* GLAUBEN AN..."

"... ABER VIELLEICHT SAGT EUCH MEIN KATHOLISCHES ALLERHEILIGSTES TROTZDEM ZU."

"SEID GUTEN MUTES, KANE-- MÖGE DER HERR ÜBER EUREN SCHLAF WACHEN."

"LASST EUCH NICHT BEUNRUHIGEN, UND SPRECHT EIN GEBET FÜR MICH.

"SEHT IHR, ICH HABE VIELES ERTRAGEN, UND ES WIRD NOCH MEHR WERDEN, BIS MEINE TAGE UM SIND."

ZWEITES KAPITEL
IM SCHUTZE DER NACHT

DIE DIENER HATTEN IHRE RUNDE BEENDET UND DIE FENSTER VOR DER KALTEN NACHTLUFT DES SCHWARZWALDS VERSCHLOSSEN.

SCHEINBAR LAGEN ALLE ZU BETT, DOCH ES WAR NOCH JEMAND AUF IN DER DÜSTEREN STILLE IM SCHLOSS DES TEUFELS.

IN DEN UNTEREN STOCKWERKEN GING EINER OHNE WINDLICHT UND KERZE...

... ER BLIEB IN DEN SCHATTEN, DENN ER WOLLTE KEINE AUFMERKSAMKEIT ERREGEN.

CLICK

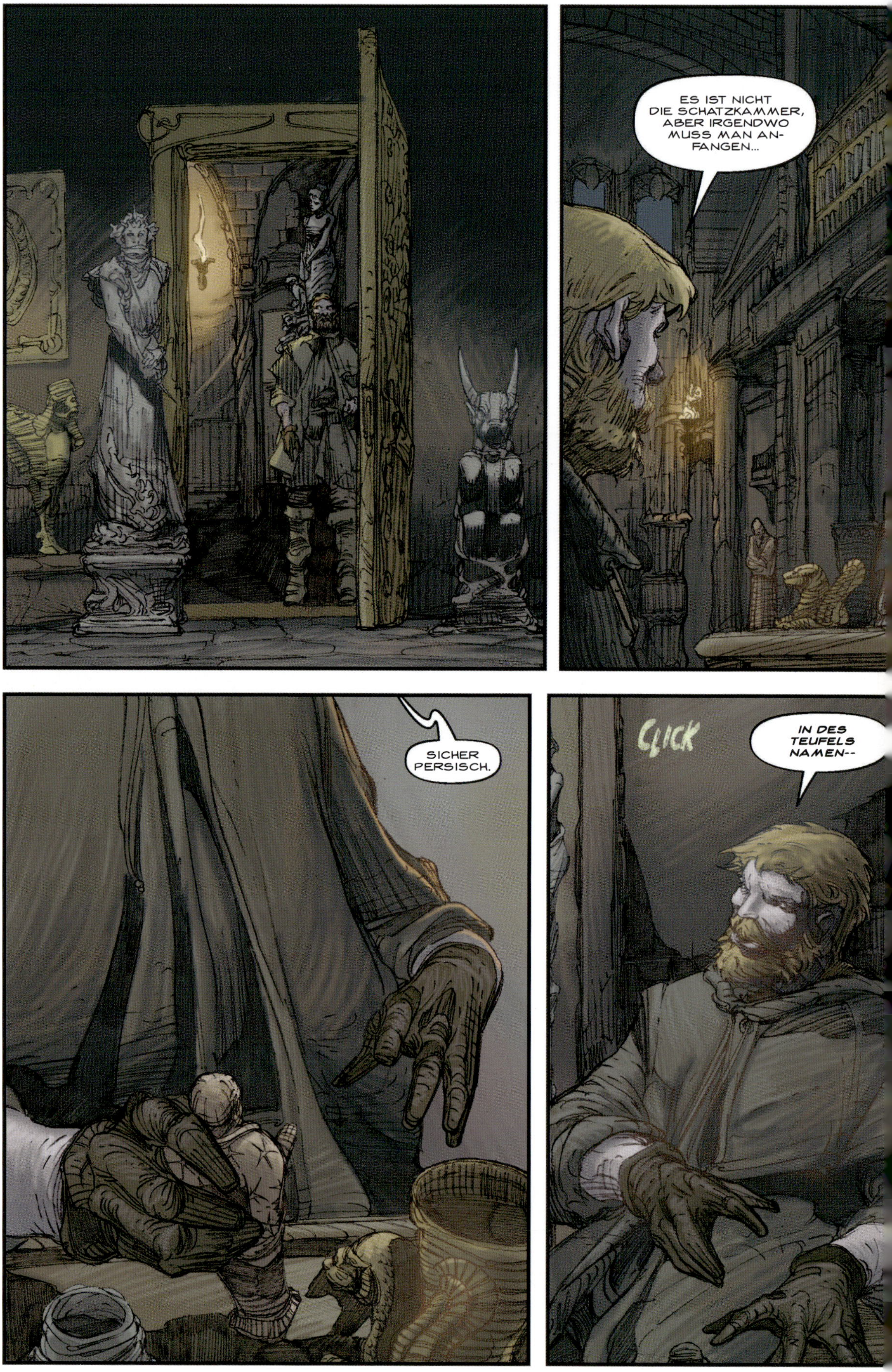
ES IST NICHT DIE SCHATZKAMMER, ABER IRGENDWO MUSS MAN AN-FANGEN...
SICHER PERSISCH.
CLICK
IN DES TEUFELS NAMEN--

<HEDA! WAS MACHT IHR HIER?>

I-ICH--

TAP TAP

BARO-
NIN.
SOLOMON
KANE.
WISST
IHR, SOLOMON
IST EIN BERÜHM-
TER NAME
IN MEINEM
LANDE...
IHR SPRECHT
BESSER ENGLISCH
ALS EUER GE-
MAHL.
ICH LERNTE EURE
SPRACHE SCHON IN
JUNGEN JAHREN. IN
DEN LÄNDERN DES
NORDENS IST SIE
MIR EINE DER
LIEBSTEN.
VERFLUCHT!

Panel 1: DURCH HEIRAT WURDET IHR DEUTSCHE.

DIE HEIRAT, NICHT DIE LIEBE BRACHTE MICH IN DIESES LAND.

Panel 2: ICH DACHTE, DIE PERSER ZEIGEN IHRE FRAUEN NICHT GERN DER WELT.

Panel 3: SOLOMON, IHR SEID *SOLDAT*-- DIE PERSER DIE IHR KENNT, SIND NICHT GEBILDET...

Panel 4: ... MANCHE MÄNNER IN MEINEM LAND HABEN HOCHFLIEGENDE IDEEN-- UND BETRACHTEN IHRE KINDER ALS MITTEL ZUM ZWECK.

Panel 5: ABER ES STIMMT, SIE *ACHTEN* FRAUEN NICHT SO WIE IHR...

Panel 6: AUCH IN *MEINEM* LAND DIKTIEREN VÄTER DIE HOCHZEITEN.

VIELLEICHT NICHT *GANZ* SO...

Panel 7: AAH!

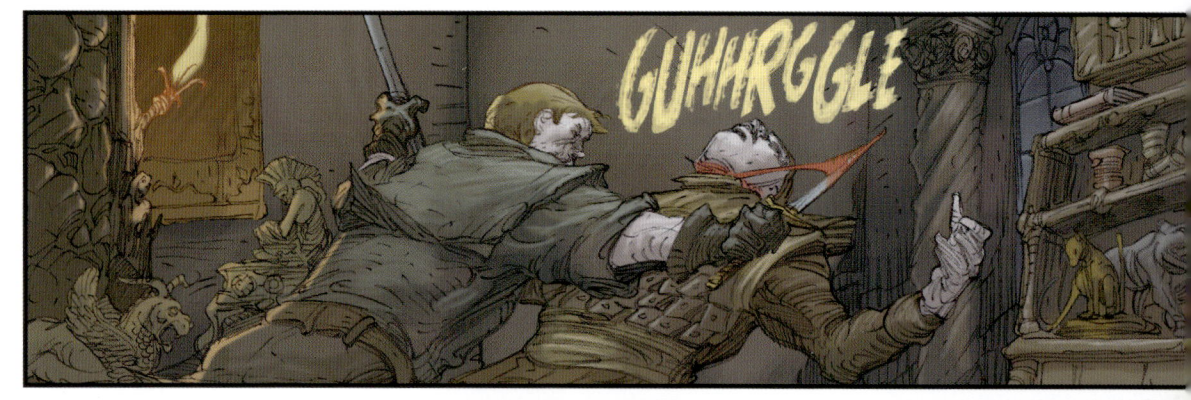

GUHHRGGLE

MEIN GEMAHL, DER BARON, WOLLTE EINE PERSISCHE BRAUT UND HATTE DIE *MITTEL* DAFÜR.

BARONIN, ES IST MITTEN IN DER NACHT. *VERMISST* EUER MANN EUCH NICHT?

WIE GESAGT, SOLOMON... NICHT DIE *LIEBE* BRACHTE MICH HIERHER.

VIELLEICHT HABEN DIE MUSLIMISCHEN SOLDATEN *RECHT*, WENN SIE IHRE TÖCHTER WEGSPERREN.

ICH BIN EIN *GAST* EURES MANNES-- ES IST *SCHIMPFLICH*, WENN IHR MICH--

ES WAR NUR--

IHR ENTEHRT MICH MIT EURER GEGENWART.

GEHT.

BARONIN.

TJA... -UFF- -AHH- -AHH-

...DAS LIEF ÜBERHAUPT NICHT NACH PLAN...

IM WALD VERRAUCHTE SEIN ZORN. HIER, UNTER DIESEN ALTEN BÄUMEN, KAMEN SEINE GEDANKEN ZUR RUHE.

NIE WAREN DIE WÄLDER IN SOLOMON KANES JUGEND SO STILL GEWESEN WIE DIESER DEUTSCHE WALD.

IN DEN SCHATTEN LAUERTEN RÄUBER UND SCHLIMMERES. WENN GOTT KANE NUR HERGEFÜHRT HATTE, UM DEN JUNGEN ZU RETTEN, NUN GUT...

...DOCH ER WUSSTE, DASS ES IM SCHWARZWALD NOCH MEHR RUCHLOSE GAB.

IN BARON VON STALER SAH ER EINEN FROMMEN MANN, EINEN VERLEUMDETEN ADELIGEN, DER DUMM GENUG GEWESEN WAR, EINER HEIDENBRAUT VERTRAUEN ZU SCHENKEN.

KANE WUSSTE NUR ZU GUT, DASS DIE GEHEIMNISSE DIESER BÄUME TROTZ ALLER ERHABENHEIT EBENSO GUT GOTTES WIE DES TEUFELS SEIN KONNTEN.

‹BRÜDER! LASST MICH HERAUS!›

<LASST MICH GEHEN!>

<RUHE, PATER!>

<IHR HABT GOTT VERLEUMDET! ZEIGT *REUE!* NEHMT DIE LÄSTERUNGEN ZURÜCK-->

<BRUDER.>

<PATER STUTTMANN IST VERLOREN. FÜR UNS UND SICH SELBST. VOM *FEIND* BESESSEN.>

<ICH WOLLTE, ES WÄRE ANDERS, DOCH DIE WORTE DES HERRN WERDEN SEIN HERZ NICHT MEHR ERREICHEN.>

<IM NAMEN DER LIEBE-- BEFREIE SEINE SEELE AUS DEM KERKER DES FLEISCHES.>

<IHR NARREN!>

<ICH HABE IHN NICHT VERLEUMDET!>

<"ES WAREN NICHT SEINE WORTE!">

HO!

-:HFFH AHH AHH AHH AHH:-

DRITTES KAPITEL

<DIE GESELLSCHAFT WIRD EUCH GUT TUN.>

OPFER

Panel 1:
<DIE MÄNNER SIND KEINE *BEDROHUNG* FÜR EUCH. DER PURITANER IST STRENG UND ANSTÄNDIG, UND DER ANDERE-- WIE SAGEN DIE FRANZOSEN?>

UN BONVIVANT. <GEBT IHM ESSEN UND TRINKEN, UND ER IST EUER FREUND.>

Panel 2:
<ICH BRAUCHE KEINE FREUNDE.>

<DARUM BEHANDELT IHR DIE MÄNNER MIT VERACHTUNG-->

Panel 3:
<UND WIE BEHANDELT *IHR* SIE?>

Panel 4:
<-- UND EURE FRAU EBENSO.>

<HABEN DENN FREUNDLICHE WORTE ZWISCHEN GLEICHEN KEINEN WERT?>

‹NIEMAND GLEICHT MIR.›

‹DANN UNTERHALTET EUCH KAMERADSCHAFTLICH MIT DENEN, DIE EUCH *BEWUNDERN*--›

‹-- NICHT NUR MIT DER FRAU, DIE IHR GEKAUFT HABT, UND DEN MÄNNERN, DIE IHR BEZAHLT.›

‹ICH WEISS, IHR *HASST* ES, WAS DIE BAUERN ÜBER EUCH REDEN-- WENN SIE DIESEN HEILIGEN ORT DAS *SCHLOSS DES TEUFELS* NENNEN.›

‹ES *MISSFÄLLT* EUCH, DASS JEDER REISENDE DIESEN VERHASSTEN NAMEN ERFÄHRT.›

‹GESELLT EUCH EINIGE NÄCHTE LANG ZU DIESEN MÄNNERN, UND WENN SIE ABREISEN, WERDEN SIE IN DER TAVERNE BEI EINEM GLAS EURE *GROSSZÜGIGKEIT* PREISEN--›

<" -- UND DIE BAUERN VERBREITEN ES *WEITER*.">

NOK NOK

IN DES TEUFELS NAMEN! ICH SAGTE, ICH BLEIBE IM *BETT*!

SILENT, *MÄSSIGT* EUREN TON!

DER *BARON* UND ICH REITEN AUS. *DANACH* REISE ICH AB.

KANE! WARTET DOCH!

LIEBER FREUND, ICH BITTE UM *ENTSCHULDIGUNG!* ICH DACHTE, IHR WÄRT EIN DIENER, DER NOCH MEHR KLÖSSE BRINGT.

ICH WOLLTE EINE *WEITERE* NACHT BLEIBEN, ABER WIE HEISST ES, DIE STRASSE LOCKT...

DER FRÖHLICHE TON TÄUSCHT NICHT ÜBER DIE BLÄSSE DES GESICHTS WEG. JAGT DAS "TEUFELSSCHLOSS" EUCH ANGST EIN?

IHR SEID DER RECHTE, UM VON *BLÄSSE* ZU REDEN! SICHER ZIEHT IHR MEINE TAPFERKEIT IN ZWEIFEL. ABER WIE FINDET *IHR* DENN DIE GESCHICHTE, DIE DER BARON LETZTE NACHT ERZÄHLTE?

Panel 1:
- WAS SOLL DIESE FRAGE?
- LETZTE NACHT TRÄUMTE ICH VON DIESEM *MÖNCH*-- ES WAR EINE *VISION*, KANE--

Panel 2:
- EIN *TRAUM*?
- JA, ABER--
- UND DESHALB *ZWEIFELT* IHR AN UNSEREM GASTGEBER?

Panel 3:
- MACHT EUCH NICHT *LUSTIG*, PURITANER. ICH ZWEIFLE NUR AN DER GESCHICHTE ÜBER DEN MÖNCH. STARB ER IN SEINER ZELLE, ODER WURDE ER *UMGEBRACHT*?
- KIRCHENMÄNNER SIND OFT *HART*, WENN ES UM GOTTESLÄSTERER GEHT...
- ...ODER JENE, DIE SIE DAFÜR HALTEN...

Panel 4:
- ...DOCH DAS IST DER LOHN DER *SÜNDE*, JOHN SILENT.

Panel 5:
- UND IST DIESE GESCHICHTE WIRKLICH *WICHTIG*? EIN MÖNCH STARB, BEVOR DER BARON GEBOREN WURDE...

Panel 6:
- "...SOGAR BEVOR DAS *SCHLOSS* ERRICHTET WURDE."

SCHADE, DASS EUER FREUND DIE EINLADUNG NICHT ANGENOMMEN HAT.

JOHN SILENT IST NUR EIN REISEGEFÄHRTE-- DAS WORT *FREUND* BENUTZT ER ZU LEICHTFERTIG. ICH MUSS MICH FÜR SEIN VERHALTEN ENTSCHULDIGEN.

DAS IST NICHT NÖTIG, HERR KANE. WENN UNSERE GÄSTE SCHLAF BRAUCHEN, DANN MÜSSEN SIE EBEN SCHLAFEN.

UND *IHR*, HERR BARON? VERBRINGT IHR EURE TAGE ZU PFERDE IN DIESEM DÜSTEREN WALD?

IHR HALTET MICH FÜR EINEN FAULEN ADELIGEN. IHR WISST NICHT, WIE SEHR IHR EUCH IRRT.

EUREM BENEHMEN NACH SEID IHR ABER AUCH KEIN SOLDAT, DER VON *BAUERN* ABSTAMMT.

IHR--

<NEIN! WAS--?> <WAS ZUR HÖLLE GEHT HIER VOR?>

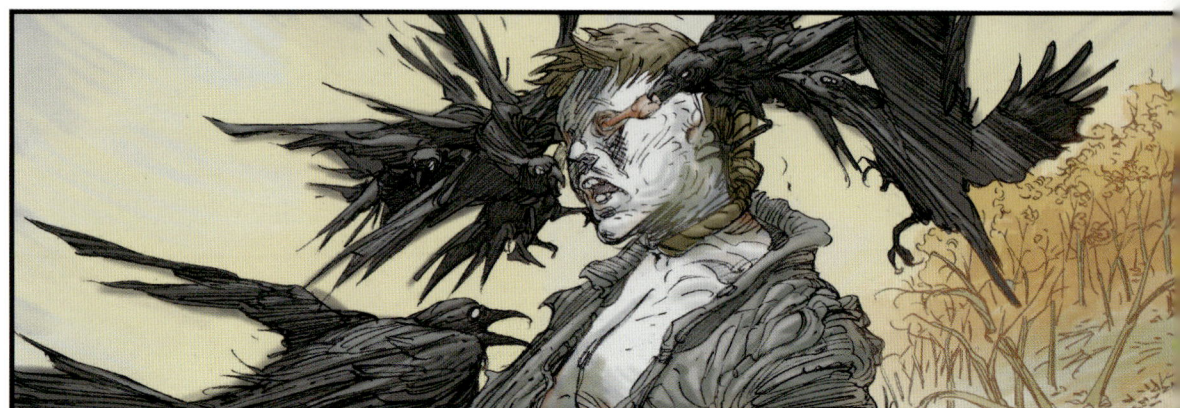

ABER DIES IST EINE ANDERE STRASSE...

<LASST IHN! FORT MIT EUCH, IHR KLEINEN TEUFEL!>

<IHR VERFLUCHTEN UNGEHEUER!>

<OH, HERR, WARUM LÄSST DU DAS ZU?>

<"WAS HABT IHR GETAN?">

TAP TAP

IN DES TEUFELS NAMEN...

TAP TAP

JA--! EINEN MOMENT-- BITTE.

FRAU BARONIN...

ICH GLAUBE, EURE DIENER HABEN *MICH* IM VERDACHT.

WIE?

‹ACH... UNSINN.› NEIN. IHR HABT DAMIT NICHTS ZU TUN. BITTE-- WIR MÜSSEN EINIGES ERLEDIGEN.

WIE KANN ICH HELFEN, BARON?
<WIE?> NEIN, KANE, BITTE.
SEHT IHR... EINIGE DIENER STAMMEN AUS DEN DÖRFERN, WIE DER JUNGE AUCH-- WIR KÖNNEN NUR RATEN.
MEINE MÄNNER MACHEN DAS SCHON. SIE SUCHEN SEINE FAMILIE UND ÜBERBRINGEN DIE TRAURIGE NACHRICHT.
<WARUM, OH HERR...?>
HALTET NICHT DIE BÜRDE, DIE IHNEN DAS AUFERLEGT, FÜR MISSTRAUEN EUCH GEGENÜBER.
ICH BITTE UM VERZEIHUNG.

<WIR BRINGEN DEN JUNGEN ZURÜCK, BEVOR DIE NACHT ANBRICHT-->

<ABER NICHT *ZU* FRÜH!>

<-- ZURÜCK ZUM ALTAR-->

<*NEIN!* IHR SEHT DOCH, WAS DAS UNGEZIEFER ANGERICHTET HAT. ER TAUGT NICHTS MEHR...>

<EINIGE MÄNNER KÖNNEN DIE ANDEREN JUNGEN ÜBERPRÜFEN. SICHER WERDEN SIE NOCH HEUTE GEHOLT.>

<WARUM GESCHIEHT DAS JETZT, NACH SO LANGER ZEIT...?>

<KÖNNTE ES SEIN--->

<WAS?>

<DER ENGLÄNDER HAT DEN JUNGEN AM WESTALTAR ABGENOMMEN.>

<VIELLEICHT WURDE DAS OPFER NICHT ANGENOMMEN, WEIL EINER FEHLTE.>

<WURDE IN ALL DER ZEIT SCHON EINMAL EIN UNVOLLSTÄNDIGES OPFER GEBRACHT?>

GUTEN MORGEN, JOHN SILENT.

HABT IHR NICHT GUT GESCHLAFEN? ICH HÖRTE, IHR WART ZU MÜDE, UM EUCH EUREM FREUND ANZUSCHLIESSEN...

ICH HABE GESCHLAFEN WIE EIN KIND, BARONIN-- ICH HOFFE, MEIN FEHLEN HAT EUREN GATTEN NICHT BELEIDIGT, DOCH ICH HABE BEIM ABENDESSEN ZU VIEL VON EUREM GUTEN WEIN GENOSSEN.

DESHALB BLIEB ICH LÄNGER IM BETT ALS MIR LIEB IST.

IHR SEID EIN MANN, DER DEN WEIN LIEBT.

BARONIN-- DIESES LEBEN HAT VIELE SEITEN, UND ES WÄRE NÄRRISCH, WENN MAN DIE VERGNÜGEN MISSACHTETE.

ICH FRAGE MICH, OB IHR EUCH NOCH FÜR ANDERE DINGE IN DIESEM SCHLOSS INTERESSIERT, HERR SILENT.

ES IST EIN SCHÖNES HEIM.

DOCH ICH MUSS GESTEHEN... EURE GESCHICHTE HAT MICH NEUGIERIG GEMACHT.

DER MÖNCH, DER HIER UMS LEBEN KAM--

IHR MEINT DEN MÖNCH, DEN MAN STERBEN LIESS.

FALLS DAS THEMA NICHT ZU MORBID IST FÜR EINEN SO SCHÖNEN MORGEN.

NUN, HERR SILENT, ES WÜRDE MIR NICHT GEFALLEN, WENN DAS DAS EINZIGE WAR, DAS GESTERN EINDRUCK GEMACHT HAT.

KAUM, BARONIN...

NENNT MICH MAHASTI.

IHR SEID KEIN *MÖNCH*, JOHN SILENT...

"... KEIN *PURITANER*.

"IHR GENIESST DAS LEBEN IN VOLLEN ZÜGEN, ODER?"

AU!
M-MEINE SCHULTER-- WURDE BEI EINEM KAMPF VERLETZT-- AUF DER STRASSE--
WARUM HABT IHR UNS BEI DER ANKUNFT NICHTS GESAGT?
UND WARUM TRAGT IHR DIESE HAND-SCHUHE--?
IN DES TEUFELS NAMEN!

ICH KAM LETZTE NACHT ZU EUCH, JOHN SILENT.	JA, MAHASTI?	IHR WART NICHT DA. KANE WAR IN SEINEM ZIMMER.
WAR ER DAS. / WARUM SEID IHR HIER, DER PURITANER UND IHR?		WIR SIND EHRLICHE REISENDE, BARONIN, DIE DER ZUFALL ZUSAMMENFÜHRTE, DER AUCH--
GENUG-- IHR MISSVERSTEHT MICH, HERR SILENT. ICH WILL GANZ OFFEN SEIN-- IHR KÖNNT SICHER SEIN, DASS ICH MEINEM GATTEN NICHTS VERRATEN WERDE. GANZ IM GEGENTEIL, JA?		DOCH EUER GEGENWÄRTIGES VERHALTEN GESTATTET MIR, MEINE UNZIEMLICHE VERSTELLUNG SEIN ZU LASSEN.

Panel 1:
— ICH NEHME AN, KANE UND IHR WOLLT... EURE REISE NACH GENUA FINANZIEREN?
— KANE NICHT. ER IST, WAS ER ZU SEIN SCHEINT-- EIN EHRLICHER MANN.

Panel 2:
— VIELLEICHT IST ER DAS. DOCH ES WÄRE KLUG, WENN IHR UND ICH EINANDER VERTRAUEN KÖNNTEN.

Panel 3:
— DENN SEHT, AUCH ICH MÖCHTE REISEN. GENUA LIEGT AUF HALBEM WEG NACH HAUSE.
— MEIN VATER *SCHICKTE* MICH ZU BARON VON STALER, DER EINE FRAU AUS DEM "HEILIGEN LAND" WOLLTE-- DOCH ES GIBT DORT EINEN MANN, DER SICH ÜBER MEINE *RÜCKKEHR* FREUEN WÜRDE.
— DANN KOMMT IHR ALSO-- DANN SUCHT IHR...

Panel 4: (silent)

Panel 5:
— EIN MITTEL ZUM ZWECK. DAS VERSTEHT IHR DOCH...

Panel 6:
"MEIN GATTE IST EIN REICHER MANN... *JOHN*.

"ICH KANN *BESCHAFFEN*, WAS IHR BRAUCHT, OHNE JEDES RISIKO.

"WIR KÖNNEN VOR EINBRUCH DER NACHT ABREISEN UND KOMMEN NICHT ZURÜCK."

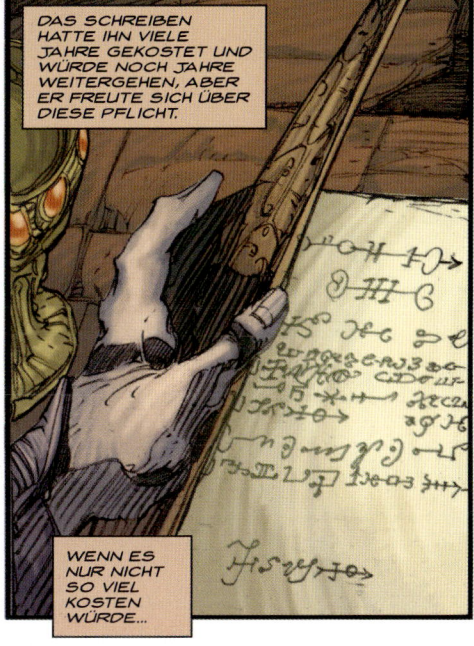

VIERTES KAPITEL

GUTE GRÜNDE & SCHLECHTE BEDINGUNGEN

DIE PERSISCHE GATTIN BESIEGELTE IHREN SCHWUR, INDEM SIE DEM DIEB DIE WANGE KÜSSTE, WÄHREND BARON VON STALER DIE RUINE DES HEILIGTUMS DURCHMASS.

NIRGENDS LAG STAUB, DIE STATUEN UND BILDNISSE GLÄNZTEN, SIE BEBTEN IN DER GEGENWART DESSEN, WAS SEIT LANGEM IN DIESEM RAUM VERSTECKT WAR.

DIE LUFT TRUG DIE GERÄUSCHE FERNER KIRCHENGLOCKEN UND DAS ZIRPEN VON GRILLEN HERAN.

ER GRÜSSTE SEINE MUSE MIT ANDÄCHTIGEM NICKEN, KNIETE SICH HIN UND BEGANN ZU ARBEITEN.

DAS SCHREIBEN HATTE IHN VIELE JAHRE GEKOSTET UND WÜRDE NOCH JAHRE WEITERGEHEN, ABER ER FREUTE SICH ÜBER DIESE PFLICHT.

WENN ES NUR NICHT SO VIEL KOSTEN WÜRDE...

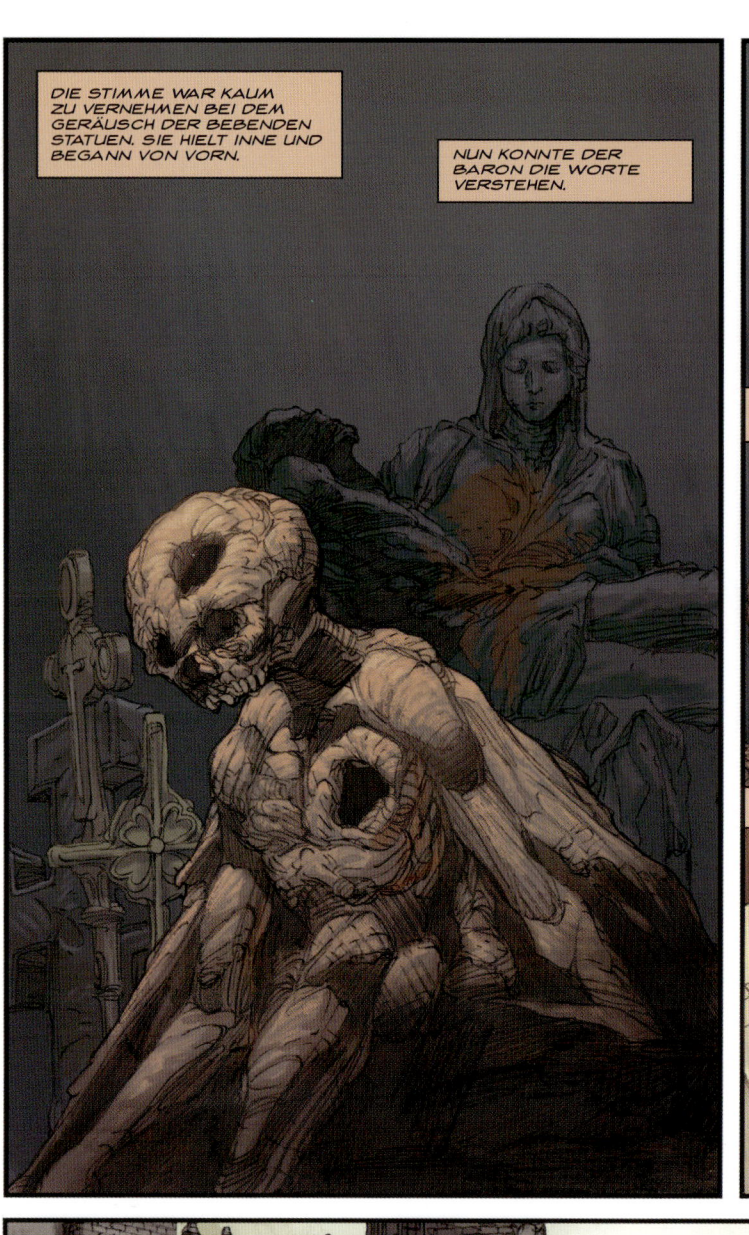

DIE STIMME WAR KAUM ZU VERNEHMEN BEI DEM GERÄUSCH DER BEBENDEN STATUEN. SIE HIELT INNE UND BEGANN VON VORN.

NUN KONNTE DER BARON DIE WORTE VERSTEHEN.

ER SCHRIEB SIE NIEDER IN DEN ZEICHEN, DIE DER ENGEL IHN GELEHRT HATTE.

ER KONNTE SEIN GROSSES WERK WEITERFÜHREN.

IHR KÖNNT REISEN, WANN IMMER IHR WOLLT, SILENT. ETWAS ENTSETZLICHES GEHT HIER VOR--

JA. MIT EUREM FREUND, DEM *BARON*, STIMMT ETWAS NICHT, UND ICH DENKE, WIR ÜBERLASSEN IHN SEINEN SELTSAMEN GESCHÄFTEN.

ER IST EIN *FROMMER* MANN. ER IST EBENSO EIN *OPFER* WIE DIE BAUERN.

ACH? ICH HABE DIE *LEICHEN* AN DEN GALGEN NICHT GESEHEN, ALSO WISST *IHR* ES BESSER.

SELBST WENN DER BARON EIN SCHURKE *WÄRE*, JETZT ABZUREISEN, NÜTZT KEINEM.

TUT MIR *LEID*, KANE -- ABER WÜRDE ES GENÜGEN, WENN ES *EINEM* HELFEN WÜRDE?

DER BARON IST EIN *GUTER* MENSCH, UND ICH *BLEIBE* NOCH.

EUER VERTRAUEN *ÜBERRASCHT* MICH, KANE. AUF DER STRASSE WIRKTET IHR SO ENTSCHLOSSEN.

"HIER UND DORT MUSSTE ICH SCHLECHTE MENSCHEN UM IHR LEBEN BRINGEN, UND SO VERHÄLT ES SICH MIT DIESEM BARON..."

HAT EUCH IM ANGESICHT DES ADELS DER MUT VERLASSEN--?

SMACKK

DAS WERDET IHR NOCH BEREUEN, SOLOMON KANE.

DAS HABE ICH SCHON ÖFTER GEHÖRT, ABER BIS JETZT BEREUE ICH NICHTS.

‹ANDREAS-- GIBT ES NEUES VON DEN ANDEREN BEIDEN ALTÄREN? IST DORT ALLES IN ORDNUNG MIT DEN JUNGEN?›

‹NUN... DIE LEICHEN SIND SO UNBERÜHRT, WIE WIR SIE HINBRACHTEN.›

<DU WEISST, WAS ICH MEINE. BEEILT EUCH-- ES IST EIN LANGER WEG ZU DEN DÖRFERN.>

<ZWEI NEUE JUNGEN...>

<... DANN IST DAS OPFER WIEDER VOLLSTÄNDIG.>

<NEHMT DIESMAL EINS DER SÜDLICHEN DÖRFER. ICH DENKE...>

<BARON, WENN ICH MICH NICHT IRRE-- LIEGT ES DARAN, DASS DER JUNGE AM WESTALTAR BEFREIT WURDE-- DAS HABT IHR DEN ENGLÄNDERN ZU VERDANKEN.>

<SIE SIND ZU ZWEIT...>

<NARR! WILLST DU ERWACHSENE MÄNNER OPFERN?! HAST DU DAS BUCH GELESEN?! HAST DU DAS WORT GOTTES VERNOMMEN?!>

<WENN NICHT, TU, WAS ICH DIR SAGE!>

<JA...>

<WIE IHR BEFEHLT, BARON...>

<BARON...> <HERR...>

<HERR, IN ALLER BESCHEIDENHEIT, MIT GROSSER EHRERBIETUNG.>

<JA, JUNGE?>

<NUR AUS HOCHACHTUNG BRINGE ICH EINE SO SCHWERWIEGENDE...>

<NICHTS KANN SO SCHWER WIEGEN WIE DAS, WAS ICH SCHON ERDULDE.>

<ICH WEISS, HERR. ICH WEISS.>

<DER ENGLÄNDER...>

<DER PURITANER?>

<JA, HERR. LETZTE NACHT BEMERKTE ICH EIN LICHT IN SEINEM ZIMMER...>

<DIE BARONIN, HERR. SIE WAR DORT. ER SPRACH MIT IHR... IN VERTRAULICHER WEISE.>

<PURITANER IST WOHL NICHT GANZ ZUTREFFEND, HERR.>

<AUCH EHRENMANN TRIFFT ES NICHT...>

<"...IHR BEHERBERGT EINEN *TEUFEL*, HERR.">

BEVOR DIE NACHT ANBRACH, SOGAR VOR DER DÄMMERUNG SCHLUCKTE DAS DUNKEL DIE UMRISSE DES WEGES, OBWOHL DER HIMMEL NOCH BLAU WAR, LAUERTE DIE FINSTERNIS IN DEN SCHATTEN DER BÄUME.

AUCH BEI TAGE IST DER SCHWARZWALD GEHEIMNISVOLL VERHANGEN. TAPFERE KONZENTRIEREN SICH AUF DEN WEG VOR IHNEN UND HORCHEN AUF SCHRITTE...

... DOCH MANCHES, DAS SICH IN DIESEM WALD BEWEGT...

... TUT DAS VÖLLIG LAUTLOS.

EIN GEIST... EINER DER JUNGEN...?

NEIN... DIESER SCHEMEN IST MIR VERTRAUT...

— DER MÖNCH.

— IHR KENNT MICH?
— WISST IHR, WARUM ICH IN DIESEM WALD BIN?
— JA...
— DAS GLAUBE ICH NICHT.

— PATER STUTTMANN.
— JA, FRAU ALBRECHT. GOTT WILL, DASS IHR MICH VERSTEHT.
— ER SPRICHT ENGLISCH...

— ER SETZT UNS NACH SEINEM WILLEN EIN, OBWOHL ICH NICHT EINMAL AUF *SEIN* GEHEISS AN DIESEN ENTSETZLICHEN ORT ZURÜCKGEHEN WÜRDE.

— D-DAS SCHLOSS DES TEUFELS.
— DAS SCHLOSS VON ALBRECHT.
— ALBRECHT? DER MÖNCH?

"JA. IHR GATTE FAND DEN DÄMON IN DIESEM WALD, WO ER ÄONEN GEFANGEN WAR."

"ALBRECHT BEFREITE IHN MIT EIGNEN HÄNDEN, OBWOHL DAS TAGE IN ANSPRUCH NAHM. DIE GANZE ZEIT SPRACH DER DÄMON ZU IHM, VOM HIMMEL UND DER BELOHNUNG FÜR SEINEN DIENST."

"ER BEHAUPTETE, EIN ENGEL ZU SEIN-- ZITIERTE DIE SCHRIFT, WIE ES DER TEUFEL IMMER TUT."

"DIE OFFENBARUNG DES JOHANNES BESCHREIBT EINEN ENGEL, UND ALBRECHT ERKANNTE DIESES BILD IN DEM SCHEUSAL."

"ER ÜBERZEUGTE DIE ANDEREN-- NUR ICH ALLEIN ERKANNTE DEN WIDERSACHER. DA BRACHTE DER DÄMON ALBRECHT DAZU, MICH EINZUSPERREN. UND ALS ER SAH, DASS DAS DIE BRÜDER AUFBRACHTE..."

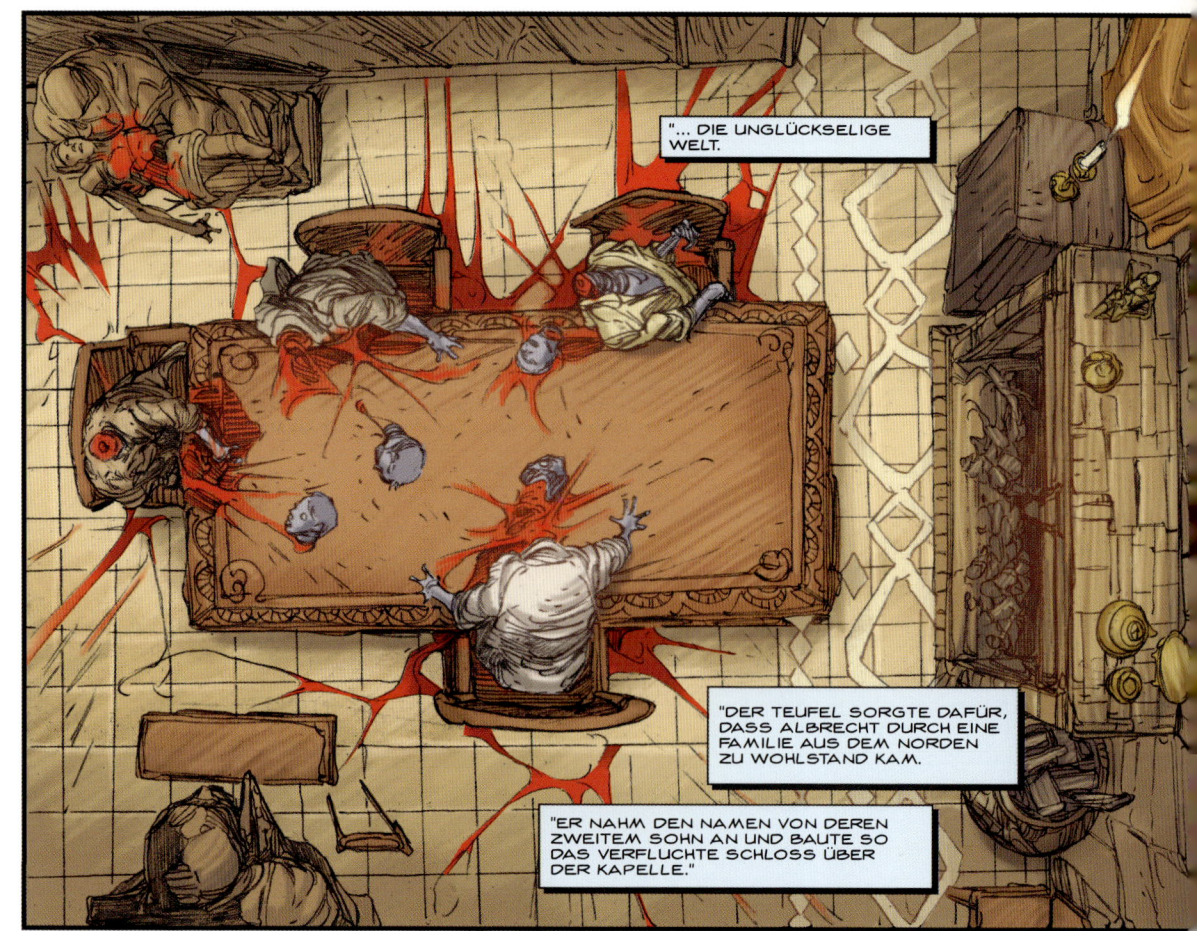

... FORDERTE ALBRECHT MEINEN TOD.

IHR NANNTET *SIE* FRAU ALBRECHT...?

ICH STARB, DOCH ALBRECHT *LEBT*.

DER DÄMON UNTERWIES IHN IM WISSEN DERER, DIE VOR DER FLUT DA WAREN.

"MÄNNER, DIE SCHRECKLICHE GEHEIMNISSE KANNTEN, DIE DER HERR VERBOT. DOCH ALBRECHT GLAUBTE, DIES WISSEN SEI NUR FÜR IHN, EINE GABE GOTTES...

"... DIE DEN DUNKLEN WALD ERLEUCHTEN WÜRDE...

"... DIE UNGLÜCKSELIGE WELT.

"DER TEUFEL SORGTE DAFÜR, DASS ALBRECHT DURCH EINE FAMILIE AUS DEM NORDEN ZU WOHLSTAND KAM.

"ER NAHM DEN NAMEN VON DEREN ZWEITEM SOHN AN UND BAUTE SO DAS VERFLUCHTE SCHLOSS ÜBER DER KAPELLE."

"DIE KAPELLE FÜLLTE ALBRECHT MIT HEILIGTÜMERN, UM DEN DÄMON ZU VEREHREN, DEN ER FÜR EINEN ENGEL HIELT. IKONEN ZITTERN IN SEINER GEGENWART-- ALBRECHT SAH DAS ALS BEWEIS SEINER HEILIGKEIT.

"ALBRECHT IST ALSO-- BÖSE?

"DAS WEISS NUR DER HERR. DER DÄMON BELOG ALBRECHT. WÜRDE MAN EINE STIMME VERNEHMEN, DIE MAN FÜR HIMMLISCH HÄLT, WÜRDE MAN *NICHT* GEHORCHEN?

"ODER IST ES DAS BÖSE IN EUREM GATTEN, BARONIN, DAS IHM DEN ZWEIFEL NAHM, ALS DER DÄMON IHM SCHMEICHELTE UND RUHM VERSPRACH?

ICH WEISS, DAS SEIN DIENST IHM KEINE FREUDE BRACHTE-- ER VERSTECKT SICH VOR SCHULD UND SÜNDE IN EINER ZWEITEN HAUT...
ACH, ALBRECHT...

DOCH NICHT DARUM HAT GOTT MICH ZU EUCH GESANDT.
ICH HALTE EUCH NUR AUF.

"GOTT LENKT, UND DER MENSCH IST MIT EIGENEN DINGEN BESCHÄFTIGT..."

"... SELBST IM TODE... NOCH JETZT..."

"... ES TUT MIR LEID..."

"... BITTE VERGEBT MIR..."

FÜNFTES KAPITEL
DER WOLF

"‹DER BARON BITTET EUCH IN SEIN STUDIERZIMMER.›"

— HERR BARON...

— SOLOMON KANE, DER PURITANER, WIE?

— ICH HÖRE UNFREUNDLICHKEIT IN EUREN WORTEN.

— UNFREUNDLICHKEIT? WOLLT IHR ETWA *MEINE* TUGEND BEZWEIFELN? SEID IHR DESHALB HIER?

— ICH MÖCHTE HERAUSFINDEN, WAS DIESEN JUNGEN AM GALGEN ZUGESTOSSEN IST. UND SÜHNEN, WAS EUREN LEUTEN ANGETAN WURDE. ICH DACHTE, DAS WÄRE IN EUREM SINNE.

— UND WAS IST IN *EUREM* SINNE, PURITANER?

— ICH BIETE MEINE FREUNDSCHAFT NICHT LEICHTFERTIG AN. ICH--

— WO IST MEINE FRAU, KANE??

— ICH WARNE EUCH ABERMALS--

— SIE IST NICHT IN IHREN GEMÄCHERN-- WIE *REIN* IST DENN *EURE TUGEND*, RUCHLOSER *GOTTESLÄSTERER*? IHR REDET DAVON, *UNSCHULDIGE* ZU RETTEN UND MACHT *MICH* ZUM *HAHNREI*--

WHACK!

BETET, SO VIEL IHR WOLLT, KANE, *GOTT* KANN EUCH *NICHT* HELFEN.

‹IHR GEISTER AUS DEM *GRABE*, AUS DER *TIEFE*, AUS *WURZELGRUND* UND *AUE*, SEID MIR WOHLGESONNEN.›

HEIDNISCHES BRIMBORIUM?

‹NEIN!›

<"IHR GEISTER AUS KLAMMER ERDE, DIE TOTE BIRGT, AUS EIS UND KÄLTE, SEID MIR WOHLGESONNEN.">

<MÖGET IHR ENTFESSELN, SO LAUTET MEIN GEBET, DEN GROSSEN, GRAUEN SCHEMEN, DER RUHET DORT IN... ARMORIKA.>

<KOMM, GEIST SO MÄCHT'GER, SCHRECKGESTALT, SO GRIMM!>

=SNIFF=
=SNIFF=

<ERHEBE DICH AUS DEINEN HALLEN.>

<ERHEBE DICH AUS DEINEM REICH-- ICH FLEHE DICH AN, GROSSER *WOLFS-GEIST*...>

<... GEWÄHRE MIR DIES... UND MEIN LEIB... UND MEINE SEELE SEIEN DEIN...>

KANE!

"IN DES TEUFELS NAMEN..."

"IHR HABT DAS GEWUSST. ALLES, WAS DER GEIST--"

"JA. DAS MEISTE, DARUM SOLLT IHR MIR JA HELFEN. BESCHULDIGT NICHT MICH--"

"<-- SPRACH DIE HURE ZUM DIEB.>"

"WIE...?"

ROAAAWR

‹ANDREAS-- DU?›

‹ER SCHICKT *DICH*, DAMIT DU SEINEN BESITZ HOLST, UND DU--?›

‹NEIN, FRAU MAHASTI, DER BARON WEISS WOHL, DASS ER SEINE FRAU *KEINEM* MANNE ANVERTRAUEN KANN.›

‹WIR BESORGEN *FUTTER* FÜR SEINE *VÖGLEIN*.›

JOHN-- NEIN--! NARR!

<HALT!>

BAM

HHNN!

ROARFF ROARFF

NNNNN--

NNHF!

HRRO--

SHCRASH

--OOOOOO

<LASST MICH RATEN. SIE WOLLTE MIT EUCH NACH *PERSIEN* GEHEN?>

<IHRE REICHE FAMILIE WÜRDE IHREN *RETTER* MIT OFFENEN ARMEN EMPFAN- GEN-->

WOK

<-- DIE *GLEICHE* FAMILIE, DIE SIE AN MEINEN HERRN VERKAUFTE-- MEINT IHR, SIE HÄTTEN EUCH *BELOHNT*...>

<... MIT EINEM DUTZEND WEISSER ARABERPFERDE-- BELADEN MIT...>

<... SCHÄTZEN AUS DEM ALTERTUM?>

CRAKK

CRACK

ER *VERSTEHT* DICH NICHT...

WOURAAHHH!

AAH!

<IHR KOMMT NUR BIS ZUM SÜDALTAR, MAHASTI.>

<DAS IST EURE *LETZTE* REISE.>

CHAKT-T

DOCH ER WAR FORT... VERGESSEN... ABER WAS WAR NUN ANDERS ALS ZUVOR?

WOOUFF!

DIE BESTIE HATTE DEN NAMEN DES MANNES GEKANNT, DER IHN ANGRIFF.

DIE VERÄNDERUNG WAR EINSCHNEIDEND.

HATTE JENER MANN DIESEN HIER GETÖTET? BESCHÜTZTE ER DEN TOTEN? GLAUBTE ER, DIE BESTIE WÜRDE DEN TOTEN FRESSEN?

STECKTE DAS DAHINTER?

SELBST WENN ER FRISCH WAR, WÜRDE ER IHN NICHT ANRÜHREN.
NICHT, WEIL ES EIN MENSCH WAR. DAS WÄRE FRÜHER WICHTIG GEWESEN, ABER AUCH DAS HATTE SICH VERÄNDERT.
DIE BESTIE HASSTE DEN GESCHMACK VON FRISCHEM FLEISCH, VON SEHNEN, DIE ES ZUSAMMENHIELTEN, HASSTE SOGAR DEN TEIL SEINER SELBST, DER ES IN STÜCKE REISSEN WOLLTE, BIS NUR EINE BLUTIGE MASSE ÜBRIG WAR...
... DEN TEIL, DER GERNE BEUTE MACHTE...
... NUR UM DEN KLEINEN TIEREN DES WALDES EIN FESTMAHL ZU BEREITEN.
DENEN WAR ES GLEICH, DEN RATTEN, FÜCHSEN UND KALTBLÜTERN.
NATÜRLICH FRASSEN SIE ROHES FLEISCH. ANDERS...
... ALS EIN MENSCH.
HROOOO ROOO ROOO
FÜR MANCHE VON IHNEN GAB ES NICHTS SCHLIM-MERES, ALS VOR DEM FEIND WEGZULAUFEN.
DOCH AUF SEINEN REISEN VOM NORDMEER BIS NACH WESTINDIEN HATTE SOLOMON KANE NICHTS GESEHEN, WAS DIESEM BARON GLICH.
UND ER WÄRE IHM NICHT UNBEWAFFNET GEGENÜBERGETRETEN...

... HÄTTE ER DIE WAHL GEHABT.

DIE WAFFEN WAREN FORT-- JAKOB, DER DIENER, HATTE SICH DARUM GEKÜMMERT, ALS KANE DEN RAUM VERLIESS.

NATÜRLICH HATTE DER BARON DEN BEFEHL DAZU GEGEBEN.

ALLES HATTE SOLOMON KANE ÜBERSTANDEN, SO VIELE KRIEGE...

... UND NUN WURDE ER VON EINEM DÄMON ÜBERTÖLPELT, DER SICH SEIN VERTRAUEN ERSCHLICHEN HATTE.

SPANISCHE GAUNER HATTEN DIE SCHRIFT ZITIERT, WÄHREND SIE IHM GLEICHZEITIG SCHARFEN STAHL AN DIE KEHLE DRÜCKTEN.

DAS WORT GOTTES IM MAUL EINER SOLCHEN KREATUR IST DIE GRÖSSTE LÄSTERUNG...

... UND SOLOMON KANE HATTE GELOBT, IHM ZUR SEITE ZU STEHEN.

HO!

‹ELENDER EHEBRECHER!› BOOM

AHH!

HRNN?

<EIN SCHUSS...!>
!
GÜNTHER--
<-- SCHNÜR DIE BEIDEN ZUSAMMEN. WIR SEHEN UNS DRINNEN.>
AH!
THDD
<HALT! KRISTIAN--!>
<DA DRIN.>

KANE--!

<-- TÖTET IHN!>

<WAHNSINNIGER!>

<NEIN-- HALT!>

BOOM

KASSSHHH

AAH-AARGH!
SLIIICE
AAHHHH
NNNNN--
PAPFFP
THOK
<WAR DAS DER ENGLÄNDER--?>
SCH!

<UM GOTTES WILLEN--!!>

KANE...

<NEIN...>

<ELENDE DREISTIGKEIT-- VERFÜHRT MAHASTI UND GREIFT MICH IN MEINEM HEIM AN-->

<HABT IHR DIE OPFER?>

<W-WIR HABEN SIE, ZWEI, BARON. G-GANZ NAH.>

<AUF GEHT'S-- ALLE VIER MÜSSEN DARGEBRACHT WERDEN-->

<BEEILT EUCH...>

<ICH KÜMMERE MICH UM DIESEN VERDAMMTEN FREMDEN.>

SCHNEE, UND NICHT MAL OKTOBER.

SIE VERFLUCHEN DIE ERDE UND VERTREIBEN GOTT AUS SEINER EIGENEN SCHÖPFUNG.

DIESE ENTSETZLICHEN--

JOHN. ES WIRD SO KALT... DAS--

M-MAHASTI...

SCHT.

SNIFF SNIF

JOHN. DAS BIEST. DAS IST DER BARON. MEIN GATTE.

— Es ist so **furchtbar**, John.

Darum muss ich fort von hier.

Er h-hat eine geheime Kapelle-- in den Ruinen beim Schloss.

Er spricht dort mit... den Resten eines Dämons.

Er glaubt, er sei ein Bote-- von Gott gesandt. Er spricht zu ihm und schreibt Dinge nieder, füllt ein Buch damit.

Er hat ihm beigebracht, sich zu verwandeln.

Doch es gibt vier weitere-- vier Lebende--

-- daher die vier Galgen--

‹Baronin.›

‹Abermals betrügt Ihr--›

‹-- den Herrn?›

Jagen erhitzt das Blut. Wut und Verwirrung verrauchen.

Die Wut kommt von woanders, und das Ziel der Jagd sendet sie dorthin zurück.

Die Kreatur jagte den Menschen, doch sie würde ihn nicht fressen.

Auch die Notwendigkeit den Mann zu jagen, kam von dort...

... doch die Bestie war froh, Instinkte zu haben.

CHUKK

-GRRHCHH-

-HFF-
-HFF-
-HFF-

-HFF-

SIE ERZÄHLT DINGE, DIE MAN GLAUBT-- SODASS ES GANZ EINLEUCHTEND AUSSIEHT, ODER?

SECHSTES KAPITEL DIE ENGEL DER VIER WINDE

ES SCHNEIT NICHT MEHR. SIE SIND NICHT AUFGEBRACHT. IHR MACHT SIE GLÜCKLICH. MAHASTI KÖNNT IHR NICHT HELFEN, ABER UNS. ‹DANKESCHÖN, HERR ENGLÄNDER.›

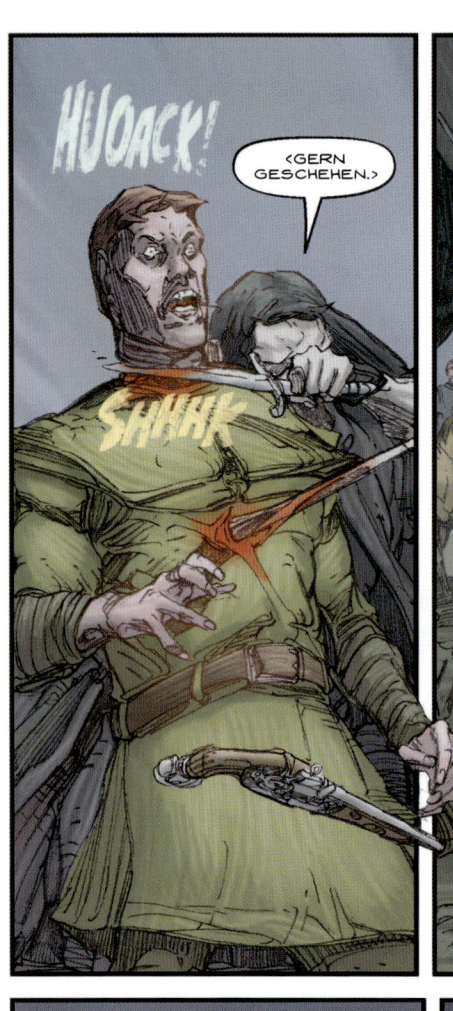

HUOACK!

<GERN GESCHEHEN.>

SHHHK

ANDREAS!

NEEHEEGHH

NEIN, NICHT LOSRENNEN!

LASS DEINE FREUNDE ZIEHEN...

...BRAVES PFERDCHEN...

WHHHHNNHEEE

ANDREAS!

<ER HÖRT DICH NICHT MEHR-->

‹ICH HÖRE DICH AUCH NICHT, HESSE.›
‹SPRICHST DU DEIN LETZTES GEBET?›
‹GRRRRGGLL›
CHAKKTX
SHAK
SIE IST GELADEN... PULVER UND KUGELN...
... WAREN AUF EINEM DER PACK-PFERDE.
MAHASTI...
SCHON GUT... DIE...
... BRINGEN SIE UM.

BAM
HOOOFFF!

... IM NAMEN DES...

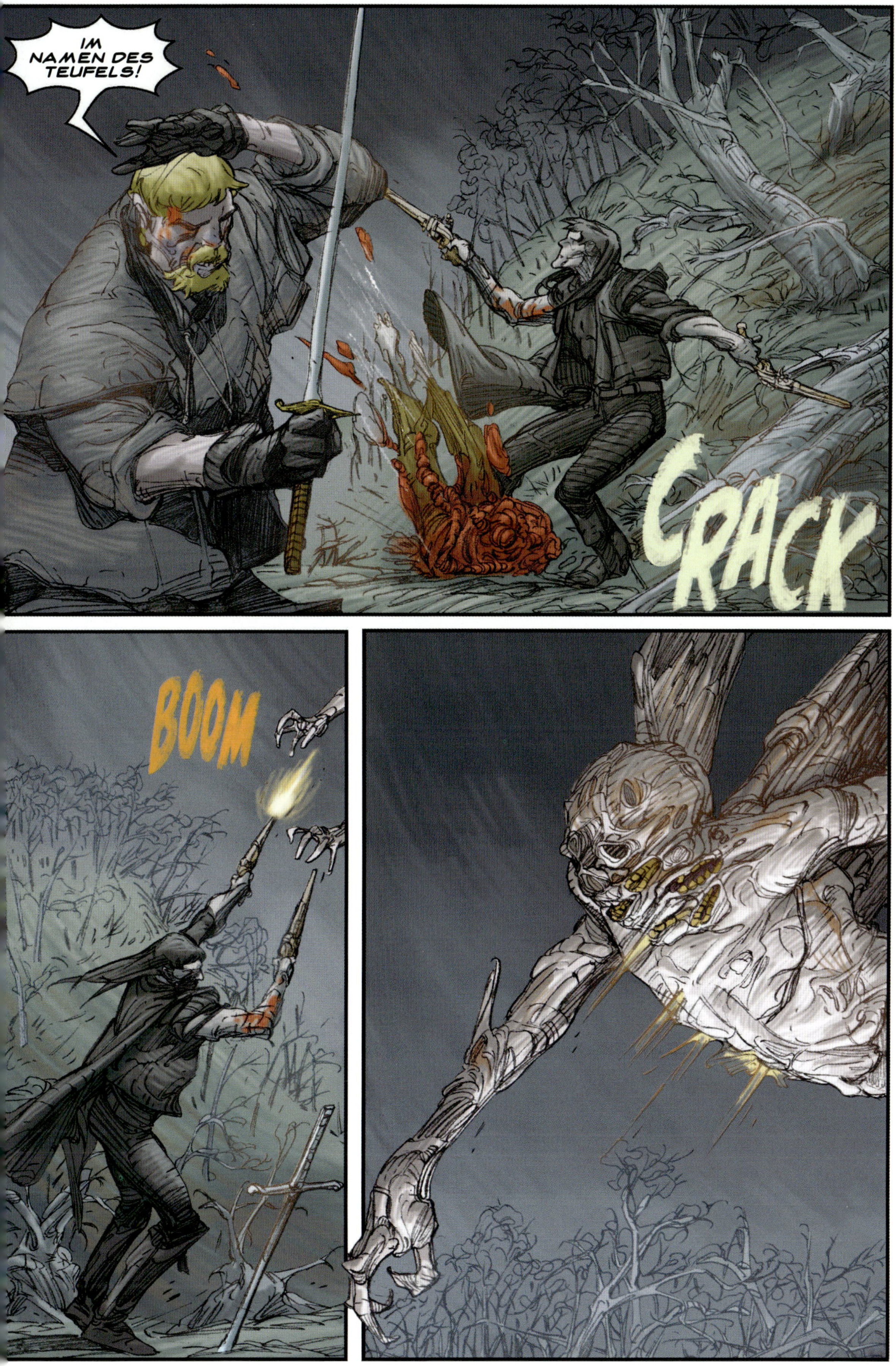
IM NAMEN DES TEUFELS!
CRACK
BOOM

AUUGH!

ICH HABE VIER GESEHEN.

VIER GALGEN...

...MAHASTI...

KANNST DU LAUFEN?

SCHUKK

<"E-ES LIEGT NICHT AN MIR! ICH WAR ES NICHT!">

<"DIESER ENGLÄNDER IST SCHULD-- ER HAT DAS OPFER RUINIERT, ABER ICH HABE ERSATZ --">

<"JA, IHR HABT RECHT. ABER ICH KANN DOCH--">

<ICH WILL MICH HIER NICHT VERSTECKEN-- ICH KOMME WEGEN DES BUCHS.>

<ER HAT MICH ÜBERTÖLPELT, ABER ICH MUSS MICH NUR UM DAS HIER KÜMMERN, DANN WIRD ALLES GUT, ICH JAGE IHN-->

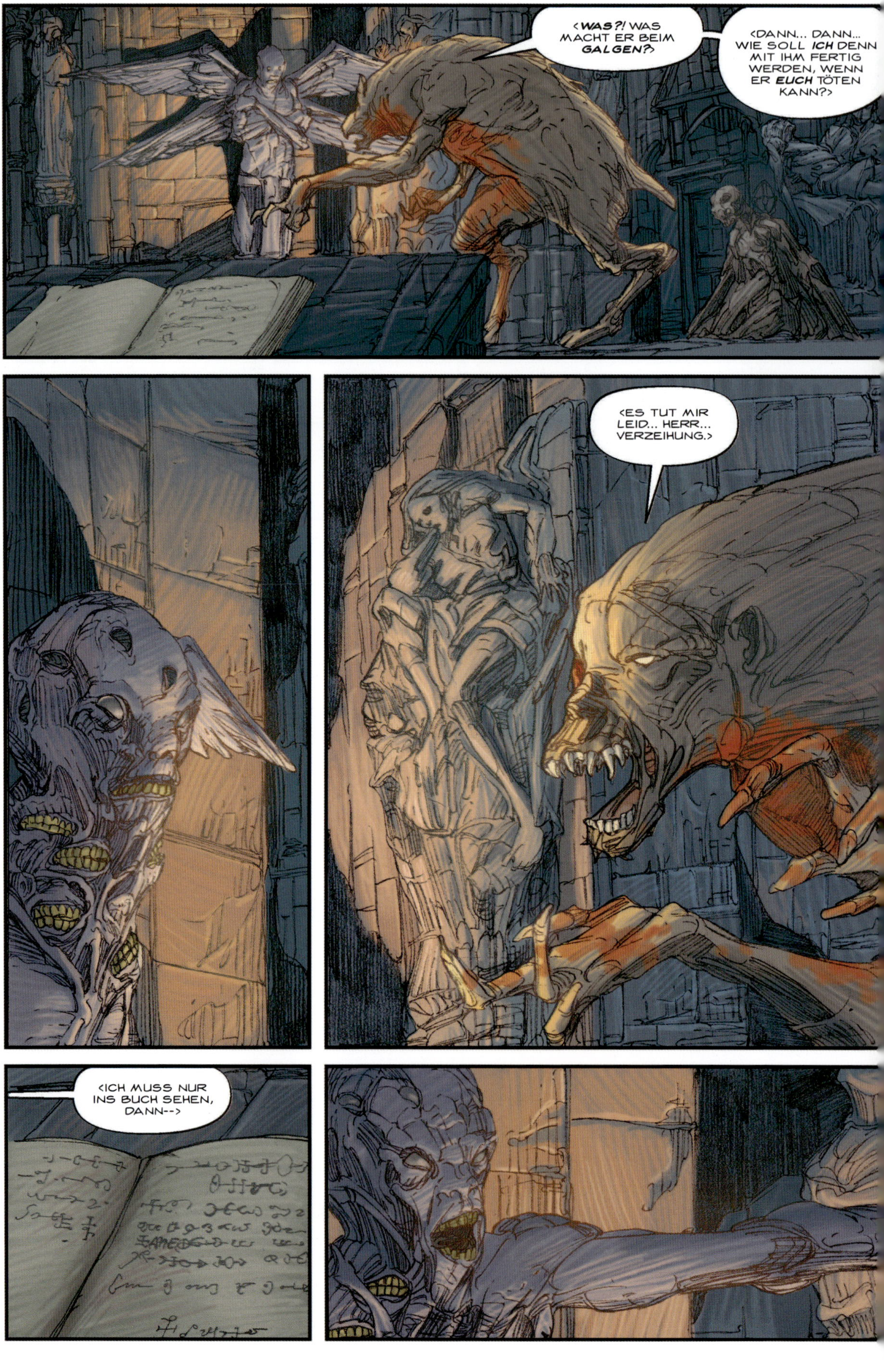
<WAS?! WAS MACHT ER BEIM GALGEN?>
<DANN... DANN... WIE SOLL ICH DENN MIT IHM FERTIG WERDEN, WENN ER EUCH TÖTEN KANN?>
<ES TUT MIR LEID... HERR... VERZEIHUNG.>
<ICH MUSS NUR INS BUCH SEHEN, DANN-->

<NEIN-- *WIRKLICH*, MEISTER!>

<GEBT MIR EINE *CHANCE*!>

<DIE WUNDEN MÜSSEN *HEILEN*, DAS GEHT NICHT OHNE-->

<NA SCHÖN. GUT.>

<NATÜRLICH.>

DER SCHUSS RAUBTE IHM DAS GEHÖR UND SCHNITT IHN AB VON DEN GERÄUSCHEN DES WALDES.

WAS AUCH IMMER DIESER BARON SEIN MOCHTE, ER HATTE DIESEN GEHEIMNISVOLLEN WÄLDERN ALBTRÄUME BESCHERT UND DIE NATUR UNTERWORFEN.

IM NAMEN DES TEUFELS!

SOLOMON KANE HATTE ES GEWAGT, IN EINER FINSTEREN ECKE DES SCHWARZWALDS EIN LEBEN ZU RETTEN.

BAM

UND ER WAR INS SCHLOSS DES TEUFELS MARSCHIERT, UM WEITERE ZU RETTEN...

... OHNE ZU AHNEN, DASS DER HERR IHN GEGEN EINE GANZE ARMEE VON DÄMONEN ANTRETEN LIESS.

KRAK-KK

WÜRDE ES KANES SCHICKSAL BESIEGELN?

WÜRDE ER STERBEN, WÄHREND ER DIESE SCHEUSALE IN DIE HÖLLE ZURÜCKJAGTE?

WAR DAS DER GRUND, WARUM SEINE SEELE SICH ZU DIESEN SCHATTIGEN WÄLDERN HINGEZOGEN FÜHLTE?

> WENN HIER DIE ERLÖSUNG AUF SOLOMON KANE WARTETE, WAR ES KEIN WUNDER, DASS ER SICH TAUSEND LEBEN IN DICHTEN GRÜNEN WÄLDERN VORSTELLEN KONNTE, TAUSEND JAHRE VOLLER SCHLACHTEN.

WOK

CHNNK

DOCH LAG ERLÖSUNG ÜBERHAUPT IN REICHWEITE EINES MENSCHEN, WENN DIE WELT UNTER SOLCHEN SCHRECKEN VERSCHWAND?

SHUNK

SWSHHH

BAM

NNNGHH!

HO!

DAS WAREN NICHT ALLE.

ES MUSS NOCH EINEN VIERTEN GEBEN. UND EINEN TOTEN... IN DEN RUINEN UNTER DEM SCHLOSS.

DER IST SCHON HUNDERTE VON JAHREN DA.

HINTER ALL DEM STECKT DIESER TOTE DÄMON AUS DEM "SCHLOSS DES TEUFELS". ER HAT DEM BARON ALLES BEIGEBRACHT... MAGISCHE GEHEIMNISSE--

WIE MAN SICH IN EINEN WOLF VERWANDELT, EWIG LEBT--

ICH HABE DEN BARON *GETÖTET*.

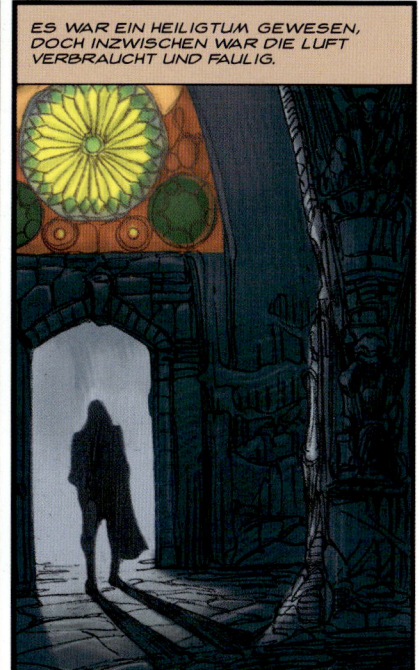

"GUT GEMACHT, JOHN SILENT. ABER IHR SEID SCHWER VERLETZT--"

"ICH SCHNEIDE SIE AB."

"GEHT."

SIEBTES KAPITEL
DIE KAPELLE DES TEUFELS

ES WAR EIN HEILIGTUM GEWESEN, DOCH INZWISCHEN WAR DIE LUFT VERBRAUCHT UND FAULIG.

EINST HATTE GOTTES SEGEN AUF DIESEM ORT GELEGEN.

JOHN SILENT HATTE GESAGT, IN DER RUINE BEFÄNDE SICH EIN TOTER DÄMON, UND KANE WUSSTE, DASS DAS STIMMT, WUSSTE, DASS ER EINEN TEUFEL FINDEN WÜRDE.

DOCH NUN SCHIMMERTEN IN DEN DÜSTEREN RÄUMEN DES EHEMALIGEN KLOSTERS ALTE STATUEN. DIE VERDORBENE LUFT WAGTE ES NICHT, SIE ANZURÜHREN, OBWOHL SIE IN DER GEGENWART DER FINSTERNIS ZITTERTEN.

SOGAR SOLOMON KANE, DER AN DIESEM TAG DREI LEBEN GENOMMEN HATTE, ERSCHRAK BEI DIESEM ANBLICK.

<ICH VERSPRECHE, ICH KANN ES WIEDER- GUTMACHEN-->

<DAS OPFER IST NUR FÜR DICH-- DU WIRST SEHEN-->

<WAS--?>

<HIER?>

KANE!

STRENG DICH AN, DÄMON...

... SONST ERGEHT'S DIR WIE DEINEN BRÜDERN!

SHHKK

MIT MEINEM LETZTEN ATEMZUG... ARRRHH!

... SCHICKE ICH EUCH ZUR **HÖLLE**!

SHRAKK

<LIEBER HIMMEL, KANE! WIE KONNTE ICH SOLCH EIN **NARR** SEIN-- UND **SO LANGE**!>

<IHR WISST NICHT, WIE LANGE...>

KANE. IHR KAMT ALS FREUND.

SHOOK

UM ZU HELFEN-- IHR HABT MICH **GERETTET**.

ICH WEISS NICHT, WAS DER DÄMON MIT MIR VORHATTE-- ABER SICHER HABT IHR MIR DAS **LEBEN** GERETTET.

NEHMT **DAS HIER**.

WAK
AHH!
ES... TUT MIR LEID...!
NATÜRLICH... IHR WOLLT DAS BUCH NICHT... DAS FURCHTBARE DING!
IHR SEID EIN MANN DER TUGEND-- VERGEBT MIR, KANE!
AUCH ICH WAR TUGENDHAFT! DIESE SCHEUSALE... ICH HABE NICHT VERSTANDEN, WIE SIE SIND, BIS SIE IHREN HUNGER AN MIR STILLEN WOLLTEN--
WAS ICH STUTTMANN ANGETAN HABE-- DER ARME PATER--!
"DAMALS!"
UND DIE KINDER... WIE VIELE ÜBER DIE JAHRHUNDERTE...? HERR, VERGIB MIR!
ICH HIELT MICH FÜR EINEN MODERNEN ABRAHAM, DER MEHR GLAUBEN ALS LIEBE BESITZT--
ICH WURDE BETROGEN--
ICH KONNTE NICHT AHNEN--!
LIEBER GOTT, KANE! BITTE, VERGEBT MIR!

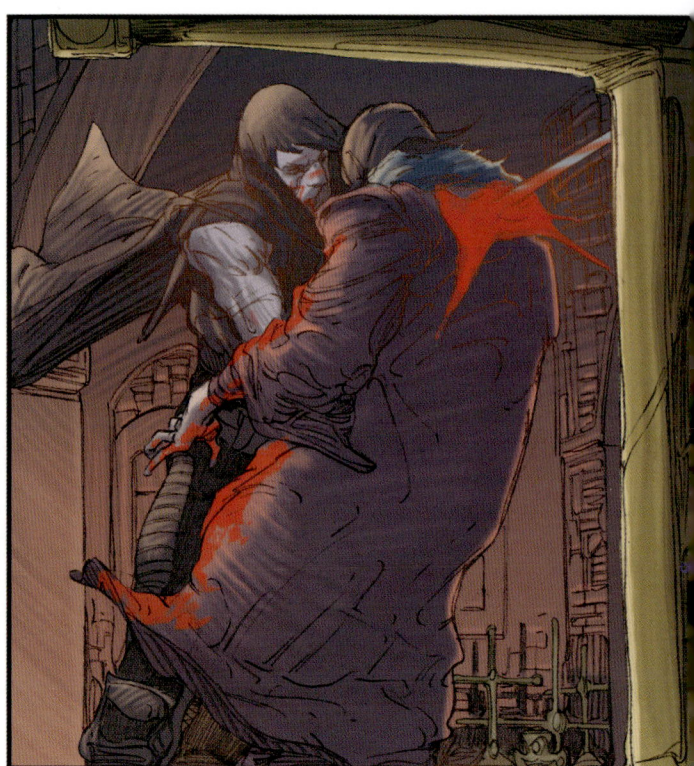

ICH BIN KEIN PRIESTER.

"WIE LANGE SIND SIE SCHON DRINNEN?"

<LIESL SAGTE, DER BARON SEI SEIT ÜBER EINER STUNDE UNTEN, DER ENGLÄNDER IST VOR KURZEM HINEIN.>

<IHR SEID IHM NICHT GEFOLGT?>

<SOLLEN WIR?>
<ER HAT ES UNS VERBOTEN.>
<BELASSEN WIR ES DABEI.>
<ICH HABE DEN BARON GETÖTET. UND AUCH ANDREAS UND SEINE LEUTE.>
<AUSSERDEM DIE DÄMONEN, FÜR DIE DER BARON NUR EIN DIENER WAR.>
<GEHT JETZT-- UND KOMMT NIE WIEDER HER.>
<UND LEGT EUCH UM GOTTES WILLEN NICHT MIT MIR AN.>

EPILOG
WANDERER IM ANGESICHT DER ERDE

DIESE DEUTSCHEN SIND EIN *KALTHERZIGES* VOLK. SIE ZEIGEN KEINE REGUNG, UND WENN, DANN UNGEZÜGELTE *WUT*.

ICH WEISS NICHT, OB SIE ES BEDAUERN, DASS IHR MEISTER FORT IST, ODER OB SIE SICH FREUEN.

ABER SIE HABEN SICH EUCH NICHT WIDERSETZT.

DAS WÄRE AUCH DUMMHEIT, SILENT.
ACH-- GEHT ES JETZT GEGEN MICH?
IM NAMEN DES TEUFELS, KANE-- ICH HABE EUCH VORHIN DAS LEBEN GERETTET!
IHR KÖNNT WOHL NICHT FREUND UND FEIND UNTERSCHEIDEN! IHR UND DER BARON--!
WAS HABT IHR MIT DER FRAU GEMACHT?
ICH WOLLTE IHR HELFEN, KANE. SIE VON DIESEM VERFLUCHTEN ORT WEG-BRINGEN.
UND WEM HABT IHR GEHOLFEN?
ALLEN KINDERN, DIE IN DEN NÄCHSTEN JAHREN DEN DÄ-MONEN GEOPFERT WORDEN WÄREN.
DAS IST WOHL RICHTIG. UND IHR HABT DIE GERÄCHT, DIE SCHON TOT SIND.
ICH GEBE ZU, ICH HABE MICH GEIRRT, JOHN SILENT. UND DEM VERTRAUT, DER ES NICHT VERDIENTE.
ICH HÄTTE DEN SÖLDNER UND PIRATEN AM GROBEN TON UND DER BEREITWILLIGEN "FREUNDSCHAFT" ERKENNEN MÜSSEN.

> KANE... WENN IHR ETWAS **GUTES** TUN WOLLT, DANN BESEITIGT DIE TOTEN DÄMONEN.

"DIE **TOTEN** KÖNNEN GEFÄHRLICHER SEIN ALS DIE LEBENDEN.

"ICH HABE MAHASTI BESTATTET, ABER HIER LIEGEN FÜNF TEUFEL RUM, UND HILFE HABT IHR GERADE **ABGELEHNT**.

"DER DA DRINNEN HAT DEM BARON EIN **BUCH** DIKTIERT."

"DAHER BEZOG ER SEINE *MACHT*. DARUM HAT ER SO LANGE GELEBT.

"DIE TOTEN LIEGEN ZU LASSEN, IST *KEINE* GUTE IDEE.

"ALSO MACHT EUCH KEINE SORGEN UM *MICH*--

"SONDERN RÄUMT AUF, WAS EUER *FREUND* HINTERLASSEN HAT."

"FREUND." DER KERL HAT VERSUCHT, MICH MIT DEM BUCH ZU BESTECHEN.

ER HAT EUCH DAS *BUCH* ANGEBOTEN?

ER KANNTE EUCH NICHT, KANE.

KEIN BISSCHEN.

GOTTES DIENER AUF ERDEN SPENDEN VERGEBUNG, WÄHREND DER WAHRE HIRTE SCHLÄFT. "MEIN IST DIE RACHE", SPRICHT DER HERR, "ICH WERDE VERGELTEN!"

DOCH VIELLEICHT BRAUCHT GOTT AUCH DABEI IRDISCHE HELFER, DIE SEINEN WILLEN ERFÜLLEN.

UND SO WANDERN MANCHE...

... OHNE ZIEL DAHIN, WO GOTTES RATSCHLUSS SIE HINFÜHRT, AUF EINER STRASSE OHNE WEGZEICHEN.

♪ WELCHE SICHERHEIT HAT EIN MANN WELCHE WAHRHEIT, WELCHEN GLAUBEN DER ALLES UMFASST, WAS ER KANN UM DIE KNECHTSCHAFT SELBST ZU RAUBEN! ♪

♪ UNTERDRÜCKUNG GAB ES ALLEZEIT ♪ UND DIE ARMEN WERDEN BETROGEN FRAUEN ERDULDEN SCHMACH WEIT UND BREIT EINFÄLTIGE WERDEN BELOGEN! ♪

ENDE

COVER VON MIKE MIGNOLA

COVER VON JOHN CASSADAY

COVER VON JOHN CASSADAY

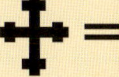

COVER VON JOHN CASSADAY

COVER VON JOHN CASSADAY

COVER VON JOHN CASSADAY